財神門徒

之17

致命交鋒

劉晉成 著

財
徒
神
門

目錄

第一章

原子彈般的威力

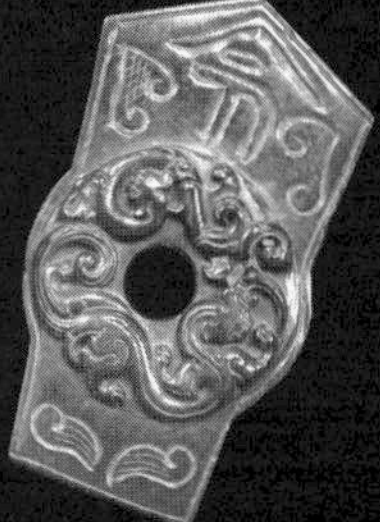

如果事實確如陸虎成所說的那樣，
這消息萬一洩露出去，必將變成資本市場上的一顆原子彈，
到時候人心惶惶，恐怕會引起一場大地震，
中國將有千萬個家庭因此而破產，將會有成千上萬人半生的積蓄化作烏有。
到那時，很可能會引起社會動盪，造成無可估量的後果。

林東道：「如果真的有那麼糟糕，恐怕這事情已不是你我可以抵禦得了的。陸大哥，你是什麼打算？」

陸虎成道：「老弟，我既然來找你了，你就該猜到我是什麼打算。」

林東沉默了一會兒，緩緩說道：「以卵擊石，有用嗎？」

陸虎成咧嘴笑了笑，「我做事向來不考慮有沒有用，我只考慮該不該那麼做。國難當頭，正是我輩應當出力的時候。」

林東深以為然，「話是這麼說，但以你我的力量，如何能抗拒實力雄厚的外國財團？」

陸虎成道：「這就是我來找你的原因，我想聯合同道中人，共同抵禦外寇。」

「這消息現在知道的人多麼？」林東問道，如果確如陸虎成所說的那樣，這消息萬一洩露出去，必將變成資本市場上的一顆原子彈，到時候人心惶惶，恐怕會引起一場大地震，中國將有千萬個家庭因此而破產，將會有成千上萬人半生的積蓄化作烏有。到那時，很可能會引起社會動盪，造成無可估量的後果。

陸虎成搖了搖頭，「不多。你應該清楚這消息的威力，一旦傳揚出去，那威力絕不亞於一顆原子彈。」

林東陷入了沉思之中，他很快就否定了陸虎成的想法，「陸大哥，我覺得你剛才的建議太過冒險了。聯合其他機構固然可以壯大我們的實力，但你有沒有想過，人心隔肚皮，萬一隊伍之中有人背棄了盟約，將消息散播出去，到時候不等外國資金發難，咱們就已經完蛋了。」

陸虎成歎了口氣，「我何嘗沒有考慮過你說的那些，說一千道一萬，難道就讓我眼睜睜的看著洋鬼子刮走我們人民的血汗錢嗎？」

「現在不是意氣用事的時候，陸大哥，咱們的頭腦千萬要保持清醒。你作為行業內的老大，你的一言一行很可能會影響全局。這件事有些蹊蹺，你讓我好好想想，理清頭緒。」

陸虎成站了起來，「老弟，我陸虎成不怕傾家蕩產，如果洋鬼子們真的敢在咱們頭上屙屎撒尿，我就算是拚光了全部身家，也不會皺一下眉頭。」

林東也站了起來，「陸大哥，你告訴我，我是你第幾個找的人？」

「第一個。」陸虎成道，「我一得到消息就趕過來了。」

林東正視著他，面色嚴肅，語氣沉重的說道：「陸大哥，我希望你暫時停止你的計畫，暫時封鎖這個消息。萬一傳揚出去，就如你所說，威力絕不亞於一顆原子彈！」

陸虎成眼睛通紅，「先就按你說的這麼辦，老弟，我太累了。你先回去吧，讓我歇會兒。」

林東點點頭，「那我先回去了，晚上我過來陪你吃飯。」

林東把劉海洋叫到門外，囑咐道：「海洋，有個忙你一定要幫我。」

劉海洋道：「林總，你說吧。」

林東深吸了口氣，「我想你是知道那個消息的，你也明白這消息的破壞力和影響範圍有多麼強大。我大哥他現在頭腦不太清醒，他這個人終歸是太過感性了，你隨時都陪著他，如果他有什麼動作，你一定通知我！」

「這……」劉海洋猶豫不決，畢竟陸虎成才是他的老闆。

林東歎了口氣，「算了，讓你放棄對陸大哥的忠誠實在是太困難了。我不強求你，回去吧，我走了。」

林東往前沒走幾步，就聽劉海洋在他身後說道：「林總，我決定幫你這個忙。」劉海洋是分得清輕重的人，他雖是個粗人，但在陸虎成身邊跟了那麼多年，對資本市場的瞭解恐怕要比一個專業的分析師還要深刻，其實在他心裏，他和林東的想法是一致的，這事情不能公開，所以不能搞大聯合。

林東轉身回頭，朝劉海洋深深鞠了一躬，「海洋，我代表股民們感謝你！」

劉海洋樂呵呵一笑，推門走進了客房裏。

林東心煩意亂，有很多地方仍是他想不通的。一個人開車到了古城區，找了一家幽靜的茶社，要了張桌子，就坐下來邊喝茶邊思考。

以前也有聽說外國財團要做空中國股市的傳言，但那最終都被證明只是傳言。而這次的消息是從天下第一私募的陸虎成嘴裏說出來的，那可信度必然會高很多。據林東所知，以前也有外國做空中國股市的事情發生，但那全部是局限於某些特定的股票。而根據陸虎成所說，這次外國多家財團聯合，虎視眈眈，看來是蓄謀已久，做足了準備，而且目標是整個股市。

這樣的胃口未免太大了，簡直是前所未有！

林東陷入了深深擔憂之中，如果陸虎成帶來的消息是真的，那麼很可能引起金融市場的動盪，股民破產，公司倒閉，失業率驟增，從而引起社會動盪不安。

讓林東難以想像的是，國外的財團大多數是有自己的生財之道的，為什麼忽然瞄準了中國股市？他隱隱的感覺到，就連陸虎成得到的消息也是片面的，這背後或許隱藏了更深更多的不為人知的消息。

林東只覺自己的頭腦一時間變得不夠用了，擺在他眼前的就是一張無邊無際的大網，他怎麼也鑽不出去，思維很快就陷入了死胡同裏。

桌上的茶水已經冷透了，林東端起杯子一口乾了。

「喲，林總，你也有興趣來喝茶？」

悅耳的聲音在耳邊響起，林東抬頭一看，一身黑色長裙的陳美玉正站在他的眼前，雙臂抱在胸前，將胸前美好的一片雪白擠壓得更加突出，誘人遐思，引人犯罪。

「陳總，難道我這種粗人就喝不得茶了？」

陳美玉笑了笑，「林總，你這兒沒人坐吧？」

林東點點頭，「就我一個，若是不嫌棄，就坐下來一起聊聊吧。」

正在煩惱之際，猛然遇到了個熟悉的人，林東也盼望著有個人可以說說話。

陳美玉笑著坐了下來，解開了圍在雪頸上的絲巾，把手包放在一邊。林東只覺心神一蕩，一陣陣幽幽的暗香傳入鼻孔之中，這是成熟女人特有的魅力，心想也難怪陳美玉這樣的女人辦什麼事情都是那麼的順利，像她這樣的女人，只需軟言軟語的求你幾句，有誰能拒絕為她大開後門呢？

「不給我倒杯茶嗎？」

陳美玉笑問道。

林東猛然回過神來，翻開一只精緻的青花白瓷杯子，拎起茶壺倒了一杯茶給陳美玉。陳美玉的兩隻玉指一捏，將茶杯端起來稍稍的呷了一口，搖了搖頭，「林總，你來了很久了吧？」

林東笑道：「是啊，你是怎麼知道的？」

陳美玉把茶杯一放，「這茶都涼透了，一點都不好喝。」

林東趕忙把服務員叫了過來，讓她換一壺熱茶過來。

林東重新給對面的陳大美人倒了一杯熱茶，陳美玉纖細的手指捏著杯子，輕輕吹著杯中飄起的白霧，顯得十分的優雅高貴。

「我剛才看你似乎在想什麼事情，是嗎？」陳美玉眉眼含笑的問道。

林東點點頭，「瞞不過你，我的確是在思考一些問題。」

陳美玉道：「見你皺緊了眉頭，是不是遇上什麼困難了？如果可以的話，你可以跟我說說。能幫得上忙的，我一定幫你。」

林東搖了搖頭。「陳總，我的問題誰也解決不了。」

他現在所思考的事情的確是超過了個人的能力範圍之內，別說是陳美玉，就是比陳美玉強一百倍的人也難以解決。而且這問題他只能自己在心裏慢慢消化，獨自品味，任何人都不能告知。

陳美玉以為林東有什麼說不出口的話，也就沒追著問什麼，笑道：「聽說你與金河谷鬥得很凶，有這回事嗎？」

林東一愣，隨即點了點頭，「陳總，你的消息還真是靈通啊。」

陳美玉笑道：「你太抬舉我了，這叫什麼靈通，圈內人恐怕都知道了。你們一個是名門之子，一個是新起之秀，都是一時俊傑，一舉一動都吸引了不少人的目光。」

林東笑問道：「那你覺得我能鬥得過他嗎？」

陳美玉搖搖頭：「這我不敢斷言，論能力，年輕這一代之中應該沒有是你對手的，但論財力和家族的底蘊，你比金河谷可就差遠了。你和他爭鬥，其實不只是比拚能力強弱，最重要的因素是除了你們自身之外所具備的軟實力。」

林東喝了口茶，笑著說道：「陳總，我明白了，你是不看好我，是吧。」

陳美玉笑著搖頭，沒有說話，其實也是一種肯定。

「林東啊，如果我是你，那麼我就不會在自己事業崛起之期與如此強敵結仇。就算鬥得過金河谷又怎樣？贏了他，你將得罪整個金氏家族，如果金大川出來收拾你，恐怕你連還手之力都沒有。」

林東笑問道：「金大川是何許人也？聽你這麼一說，我倒是真想會會他。」

陳美玉搖了搖頭，「不好意思，我也沒見過，只是聽說此人絕頂聰明，可惜身子骨孱弱，所以那麼早就把家族的生意交給了獨子金河谷打理，就連他現在是死是活都沒人知道，但我推測，金大川應該還尚在人世。如果幕後沒他坐鎮，就憑金河谷的德行和能力，怎麼可能鎮得住金家下面那麼多的強人。」

「如果我說我一定要跟金河谷分出個勝負呢？」林東忽然問道。

陳美玉凝目看著他，若有所思的樣子，半晌才歎道：「你這人真讓人看不透，有時候冷靜得令人害怕，有時候衝動得彷彿魔鬼。林東，你不像個商人，商人以利益為天，若你是個純粹的商人，我想你絕不會那麼固執己見。在我看來，就算不能與金家合作，也不應該去惹金家的大少爺。」

林東點了點頭，陳美玉所言句句在理，可是她並不知道金河谷做了那麼打破林東心裏底線的事情。他承認金家的實力超強，家族底蘊深厚，就像上次，他本以為抓到萬源就能讓金河谷吃不了兜著走，但沒想到，不但沒有實現自己的預定目標，就連好哥們陶大偉及劉安三人都受到了牽連。這是他第一次直觀的感覺到了金氏家族的強大，但這並不能讓林東退縮，他也從未生出與金河谷妥協或重修於好的想法，反而激起他內心深處強烈的求勝欲。無論金氏家族有多麼強大，只要惹怒了他，他都要與之一較高下。

陳美玉見他出神，伸出一隻手在林東眼前晃了晃，林東猛然回過神來。

「怎麼了？注意力那麼不集中？」陳美玉笑問道。

林東笑了笑，「沒什麼，陳總，你最近怎麼樣？好些日子沒見了，你倒像是逆生長似的，越活越年輕了。」

陳美玉掩嘴笑了起來，更是流露出萬種風情，「我以前倒是沒有發現你這麼的會討女人歡心。」

林東笑道：「對了，陳總，農曆下月二十八，我請你喝喜酒。」

「什麼喜事？」陳美玉問道。

「我結婚了。」林東答道。

陳美玉臉上的笑容僵了一下，隨即笑道：「是嗎？那太好了。林東，你的喜酒我是一定要喝的了。新娘子是誰呢？」

林東笑道：「高倩，不知你有沒有見過。」

「高五爺的閨女？」陳美玉帶著疑惑問道。

林東點點頭，「你認識我老婆？」

陳美玉搖了搖頭，「不認識，但是聽說過。林東，那我可得恭喜你了，做了高家的女婿，你有能力與金家一較高下了。據我所知，高家是江省唯一一個能與金氏家族抗衡的大家族。金大川雖有天縱之資，但無奈體弱多病，所以金氏家族也算是達到了頂峰，而你的老丈人高五爺，他不但足智多謀，而且身體強健。此消彼長，高家超過金家是早晚的事情。」

林東笑了笑，「陳總，如果我要借用高家的力量，金河谷還能猖狂到現在嗎？」

陳美玉想了一想，高五爺雖然早已帶著手下人做起了正當生意，但門客之中仍不乏那些好勇鬥狠之徒，如果林東想要結果了金河谷，以他高家女婿的地位，樂意效勞的恐怕不在少數。

「真是個固執的男人！」陳美玉歎道，眼波流轉，看著茶社木窗外的花園裏滿園的鮮花，喃喃自語的說道：「誰年輕的時候不固執呢？」

林東笑道：「陳總，你還真有點詩人的氣質。」

陳美玉扭過頭看著他，「我真不知你這話是誇我還是損我。」

林東問了問陳美玉最近生意上的事情，陳美玉也樂意與他交流。從她口中得知，二人合資的夜總會就快竣工了，預計最快明年就能正式開業。

「左永貴病了，你知道嗎？」陳美玉忽然說道。

林東一驚，「上次見他還好好的，怎麼回事？」

左永貴因為縱欲過度不加節制，而且濫用藥物，身體漸漸垮了，就連吳長青也沒法子徹底醫治他，只能開藥讓他慢慢調養，固本培元，只是左永貴若想多活幾年，女人是千萬碰不得的。

陳美玉畢竟是個女人，這些話她不好對林東明說，於是便說道：「你知道我和他現在是貌合神離的關係，他的情況我不太清楚，等你看他的時候自己去問吧。」

左永貴雖然德行有虧，但對林東卻相當的夠朋友，林東心想應該在最近抽空去探望探望這位老朋友。

聊了大半個下午，傍晚時分，林東走出茶社，陳美玉和他在門前分了別。林東開車去了萬豪大酒店，陸虎成是個固執且自以為是的人，想要讓他改變想法並不容易，林東需要時間慢慢去說服他。此時茲事體大，若是消息洩露，不管真假，必然引起軒然大波，造成無法遏制的恐慌局面。

趕到客房門口，林東按響了門鈴，依舊是劉海洋給他開的門。

「海洋，我大哥醒了沒？」

劉海洋道：「醒了，正在與公司高層開視訊會議。」

林東走進客廳裏坐下，「那我就等等他，待會兒我們一起出去吃飯。」

過了半個多小時，陸虎成終於開完了會，高大的身軀走出了房門，臉上已不見了疲倦之色。

「睡了一覺，感覺好多了。兄弟，你猜我剛才開會講什麼來著？」

林東搖搖頭，「這我哪能知道。」

陸虎成哈哈笑道：「走吧，找個好地方吃飯去。」

林東道：「嗯，酒店的菜你都吃膩了，陸大哥，我帶你去太湖吃船菜，如何？」

「好！」陸虎成笑道：「這個新鮮，海洋，咱們有口福嘍。」

劉海洋見陸虎成心情好了不少，臉上也有了笑容，終於放心了許多，陸虎成的身體是不容許承受太大的壓力的。

三人離開總統套房，由林東帶路，往太湖趕去。

太湖位於江省南部，橫跨蘇城與溪州市，但大部分水域位於蘇城境內，水域寬闊，是中國第二大淡水湖。船菜古時便有，在蘇城和揚州兩地尤為盛行，頗受文人雅士與達官貴人的喜愛。試想一下，陽春三月，泛舟湖上，飽覽湖光山色，在水波之上，於拂面清風之中舉杯共飲，共品美酒佳餚，這是一件多麼愜意的事情。

如今的太湖船菜，更是作為太湖招引外地遊客前來遊玩的招牌，享譽全國。

林東開車帶著陸虎成和劉海洋，車窗一路大開，郊外清新的空氣灌入窗中，令人神清氣爽。

陸虎成不禁感歎道：「蘇城的空氣真是好啊，藍天碧水，可比京城好太多了。」

劉海洋道：「是啊，京城那環境真不是人待的，一到春天就沙塵遮天，除此之外，還有散不盡的霧霾，每年不知有多少人因此而喪命呢。」

林東笑道：「陸大哥，要不你把公司遷到蘇城，我替你置辦個豪宅，到時你就可天天享受蘇城的藍天碧水了。」

陸虎成搖搖頭，「老弟，蘇城這塊地方已經是你的天下了，哥哥來了也是強龍不壓地頭蛇，競爭不過你的。」

林東哈哈笑道：「好傢伙，怎麼到你嘴裏我就成地頭蛇了？」

「難道不是嗎？」陸虎成反問道。

「算了，我就算這是你陸虎成獨特的誇獎方式吧。」

林東加快了速度，郊外路兩旁的楊樹像是往後飛去一般。

到了太湖碼頭，林東停穩了車子，岸上已是人頭攢動，來往之人絡繹不絕。

「好一派繁華景象。難怪都說江南之地富足繁華，今日一見，果然非虛。」陸虎成對著眼前繁華之景讚歎道。

碼頭附近的二十里都是繁華的地方，河岸兩旁各式各樣的店面都有，尤其以賓館和酒店居多。沿河兩岸，亮起接近二十里的燈光，遠遠望去宛如兩條火龍盤踞湖畔之上。

雖已是夏季，但因靠著湖邊，又因此時太陽已經落山，天色已經暗了下來，所以湖面上的風吹過來。眾人都有些涼爽的感覺。這自然之風顯然要比空調舒服得多，所以岸上隨處可見穿著拖鞋褲衩的人漫步岸邊，一看便是附近的居民來此納涼來了。

太湖船菜天下聞名，但也價格不菲。林東曾和高倩來過一次。兩個人一頓飯消費了五千塊。

林東指著遠處已經亮起了燈火的畫舫，「陸大哥、海洋兄弟，瞧見了沒？那就是咱們今天晚上吃飯的地方了。」

據此一里路的湖面上畫舫穿梭。寬闊的湖面上大概有不下三十艘畫舫。雖然隔了很遠，看不清楚，但隱約可看得見輪廓，便知這些畫舫建造精良，每艘造價應該不下數百萬。

林東帶著他們往畫舫停靠之處走去，邊走邊說道：「待會兒我們坐在畫舫上吃飯。畫舫不會停在湖面上不動的，會帶著我們在這附近的二十里水域上遊玩一圈。可惜是晚上，不然咱們倒是可以領略一下太湖兩岸的秀麗風景。」

陸虎成道：「不礙事，晚上也有晚上的好，書上說秦淮畫舫都是掛燈夜遊玄武湖，也只有晚上那些秦淮名妓才會出來獻藝。」

林東回頭一笑，「我保證待會兒你也不會失望的。」

陸虎成眼中露出興奮的光芒，他就是這麼一個人，即便是承受再大的壓力，只要遇見了喜愛的事物，便能將全部煩惱拋諸腦後，全身心的享受眼下美好的時光。

三人往前走了一會兒就到了近前，立時便有個漁民模樣的中年漢子走了過來。

「三位，要船嗎？」那漢子操著當地的口音，相貌忠厚老實。

林東知他是來拉客的，便問道：「老哥，我要包船，有一整艘的嗎？」

這漢子眼裏冒出精光，知道是遇上了有錢的主兒，忙說道：「有是有，不過價格可能有點小貴。」

「多少？」林東笑問道。

那漢子答道：「對於三位老闆來說就是小數目了，毛毛雨，一萬五，讓你們包一晚。」

林東覺得這價錢倒也合適，點了點頭，「我也不跟你討價還價了，一萬五就一萬五，安排好酒好菜。」

那漢子咧嘴笑道：「老闆，不好意思，這一萬五可不包括酒菜的錢，這咱可得先說在前頭。」

林東倒吸了口涼氣，這傢伙看上去老實，原來卻是個滑頭啊。

那漢子說道：「如果老闆嫌貴，那麼我給你指個地方，離此大概十五里，有個清水灣，那兒三百塊就能包條船，不過是小漁船，可沒咱這畫舫那麼氣派豪華，要是走水啥的，說不定還得出大事。」

陸虎成一瞪眼，怒罵道：「你他媽的會不會說人話？」

那漢子收起臉上的笑容，冷臉說道：「沒錢就別來這地兒。」

陸虎成哼了一聲，還未說話，劉海洋已經衝上前去把那漢子掀翻在地。

「哎呦……」那漢子痛苦呻吟起來，眉眼都擠到了一塊兒，「你們敢揍我胡四，等著。」

這胡四坐在地上吹了聲口哨，四下湧來不少人，不到一分鐘的功夫，剛才在旁邊賣魚賣蓮子的小攤小販全都圍了過來，足足有十來人。

胡四站了起來，撣了撣身上的塵土，冷笑著說道：「幾位，是你們先動手的，如果不給個說法，我恐怕你們今天離不開這兒。」

陸虎成雙臂抱在胸前，他最討厭胡四這樣訛詐人的鼠輩，笑問道：「胡四，你要什麼說法？」

胡四豎起一隻手掌，「不要多，五萬塊咱就私了，不行的話，那就只能拳頭對拳頭說話了。」

林東笑了笑，心想著胡四真沒眼力，難道沒看出來剛才劉海洋的出手有多麼迅速敏捷嗎？就這十來個人，還不夠劉海洋一人收拾的。

「海洋，這生意交給你了，拳頭對拳頭的買賣你最擅長了。」

陸虎成朝劉海洋努努嘴，劉海洋嘿嘿一笑，胡四心中一陣膽寒，忙往後退了幾步，而劉海洋已如狂風一般到了他的面前，一拳將胡四打翻在地。周圍那十來人見胡四挨了打，倒也算團結，呼啦全部朝劉海洋衝了過去。

劉海洋心想來得正好，一腳踩在胡四背上。過來幾個撂倒幾個。不到兩分鐘，這十來人就全躺下了。劉海洋出手非常有分寸，這些人雖然一個個哀嚎不已，但其實都沒受重傷。

「海洋，把胡四提過來。」

陸虎成一聲令下，劉海洋單臂就把胡四給拎到了他的面前。

「胡四，這拳頭對拳頭的買賣，做得你滿意嗎？」

陸虎成拎起胡四的頭髮，冷笑著問道。

胡四這才感到害怕，劉海洋一個打十個都那麼輕鬆，也不知這幾個外地人是什麼來路，惹他們生氣，還不知這幾人會怎麼對他。心想好漢不吃眼前虧，還是先服個軟，然後再想辦法找回面子。

「不識幾位尊駕，剛才言語上多有冒犯，還請幾位大人不記小人過，饒了我這一回。」胡四哀求道。

陸虎成笑道：「我們是來吃船菜的，船菜還沒吃到嘴呢，你這傢伙就給我添堵，本來爺的心情就不怎麼好，這筆賬怎麼算？」

胡四道：「要不三位到我船上去，今晚我請三位吃船菜，就當是給三位賠禮了，如何？」

陸虎成天不怕地不怕，也不怕胡四搞鬼，當下鬆開胡四，「爺就饒你這一次，前頭帶路。」

胡四連連點頭，背過身，臉上浮現出一絲冷笑，心道：「這頓飯我叫你吃得下消化不了！」他已想好了法子對付林東三人，好漢架不住人多，待會趁林東三人吃飯的時候，他就聯絡這一片的三教九流，心想十個人打不過你們三個，我看一百個還打不打得過。

第二章

愛情的魔力

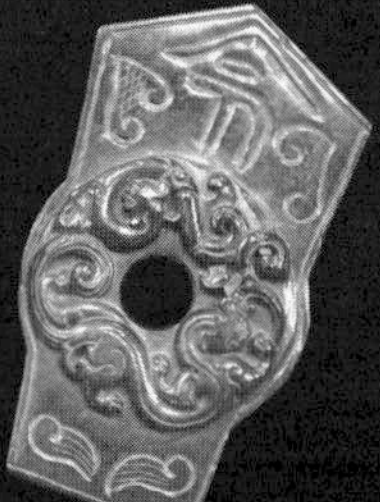

陸虎成已經游得精疲力竭，眼看漁船離他越來越遠，

視線中的楚婉君不見了，只看得到掛在簷下的兩隻黃燈。

他仍是憋著一口氣，使出全身力氣拍打著水波，

湖心風大浪大，一個浪頭打了過來，水[illegible]立時就沒過了他的頭頂。

踩著木板上了畫舫，湖面上的風更大，吹得三人髮絲飛揚，襯衫獵獵作響。

胡四的畫舫算不上大，穩穩當當的停泊在湖面上。船上只有兩人，一個是他的老婆，一個是他的兒媳婦。老婆負責燒菜，兒媳婦懷抱琵琶，是這畫舫上負責彈唱的。

林東四處看了一下，這艘畫舫算得上是這片畫舫之中最小的了，裝飾也就一般，難怪胡四要去岸上拉生意，心想這傢伙剛才居然敢開口要一萬五，真是想錢想瘋了。

「老婆子，趕緊做菜，讓幾位爺嘗嘗我們道地的太湖船菜。」

胡四扯起嗓子叫道，轉而對林東三人說道：「三位，咱船菜的用料都非常講究，以河裏的魚蝦為主，配上清淡爽口的小菜，絕對稱得上人間美味，來一回太湖，如果不吃上一頓船菜，那就算白來了。」

畫舫四面都是空的，僅以幾根柱子撐起了船頂，方便遊客觀賞兩岸風景。

林東對胡四說道；「胡四，你去把船開動了吧，讓我們看看這二十里水泊的風光。」

胡四咧嘴笑了笑，「不好意思，開不動了。」

「嗯？」陸虎成眉頭一擰，把胡四嚇了一跳。

「幾位爺，我這畫舫是漁船改造的，發動機前天壞了，還沒來得及修呢。」胡四苦著臉說道。

林東問陸虎成，「陸大哥，要不咱們換一家？」

陸虎成搖搖頭，「不了，就在這吧，我看也不錯，至少風吹著挺涼快。」

「幾位爺有什麼吩咐就叫我，我去廚房了。」胡四點頭哈腰，走到了船的另一頭。

「胡四，剛才你在岸上是不是打架了？」胡四的老婆剛才瞧見岸上亂哄哄的，但天太暗，她沒瞧清楚。

胡四怒氣沖沖的道：「今天真是背，本來一萬五都快到手了，嘿，就怪我這張臭嘴。老婆子，你趕緊燒菜吧。」

「那你收了他們多少錢？」胡四的老婆追問道。

胡四瞪著眼珠道：「一毛都沒收，這頓我請！」

「啊？」胡四的老婆一聽這話，拿起菜刀就要把胡四給剁了，「你這個敗家男人，沒人來也就罷了，誰讓你請的！」夫妻倆都很愛財，尤其是胡四的老婆，聽說這三人是來白吃白喝的，心裏那就跟針扎似的痛。

胡四不耐煩的道：「你別嚷嚷，小心叫他們聽見了。我告訴你，這幾人可都帶著功夫的，咱惹不起。你好好張羅一桌菜，我自有法子叫他們把錢給了，沒五萬塊錢，今晚他們走不了。」

「真的？」

胡四的老婆一聽說有五萬塊，眼前直冒金光，興奮的問道。

胡四冷笑道：「在這一帶得罪我胡四，能有好果子吃嗎？抓緊吧，燒菜！」

胡四的老婆也不罵他了，哼著小曲做起了菜。胡四走到兒媳婦身旁，「婉君，帶上琴給那幾人唱曲去。」

胡四的兒媳婦倒是水靈，白白淨淨的，一看就是水鄉養出來的好女子，只是命苦，嫁給胡四的兒子沒多久，胡四的兒子就在太湖裏被水草纏住了腿而淹死了，這以後她就不怎麼說話了，胡四是這一帶出了名的狠人，要她三年不准改嫁，楚婉君也只能委屈吞聲，誰叫她娘家已經沒了人呢。

楚婉君抱著琵琶來到了船頭，躬身朝林東三人施了個禮，往角落裏的木凳子上一坐，便撩動琴弦，張開小口，唱起了評彈。

陸虎成正和林東談笑，忽地收起了笑容，沉默了下來。他剛開始並未注意到角落裏彈琴的楚婉君，剛才卻被楚婉君淒婉悲涼的歌聲所打動了，雖聽不到吳儂軟語，不知道楚婉君在唱什麼，但卻能體會得到這女子心裏的委屈。

「陸大哥，怎麼了？」林東見陸虎成舉止反常，忙問道。

陸虎成示意他噤聲，細細聆聽了一會兒，直到楚婉君一曲唱罷。

「你抬起頭來。」陸虎成指著楚婉君道。

楚婉君緩緩抬起了頭，那張白皙秀美的臉龐上竟掛滿了淚水，宛如被夜露浸染的梨花。

陸虎成虎軀一震，楚婉君的模樣與背叛他的前妻太像了，至少有七分的相似。

「你叫什麼名字？」陸虎成問道。

楚婉君起身鞠了一躬，「我叫楚婉君，客人，可還要聽曲不？」

陸虎成微微一笑，「你會唱歡快些的曲子麼？」

楚婉君微微一愣，隨即搖了搖頭，「客人，我的心是苦的，再是歡快的曲調只要由我的口中唱出來，那就是苦的。」

陸虎成笑道：「那無妨，你就唱一曲吧。」

楚婉君微微點頭，重新坐了下來，皓手抬起，緩緩撥動起琴弦，果真如她自己所說，什麼樣歡快的曲調從她嘴裏唱出來也是淒苦的。

陸虎成聽得直皺眉，劉海洋低聲道：「老闆，不喜歡就別聽了吧。」

陸虎成搖搖頭，仔仔細細的聽完了一曲。

一曲唱罷，楚婉君又站了起來，略帶歉意的說道：「客人，我唱得不好，請別見怪。」

陸虎成招了招手，「你到我跟前來。」

楚婉君猶豫了一下，看了看陸虎成，見他面帶微笑，看樣子倒不像是個壞人，雖然面相有點凶。她不知陸虎成喚她過去做什麼，但心裏害怕被人欺負，一時遲遲下不定主意。

這時，胡四端著一盤菜走了過來，「幾位爺，菜來了，稍等，我馬上就去拿酒。」

陸虎成看也未看胡四一眼，又朝楚婉君招招手，「你過來啊，我不會傷害你的。」

楚婉君不知如何是好，一時間站在那兒侷促不安，小拳頭握得緊緊的，面紅心跳。

胡四回頭喝道：「婉君，沒聽見這位爺叫你嗎？快過來呀！」

楚婉君吃過胡四的苦頭，不敢違拗，抱著琵琶走了過來，站在陸虎成一米之外，再不肯挪動半步。陸虎成癡癡的看著她的臉，過往的回憶如潮水般湧來，在他心中激盪洶湧，原本那張已經模糊的臉，居然又無比的清晰起來。

「你叫什麼名字？」陸虎成情不自禁的問道。

胡四搶著答道：「爺，她叫楚婉君。」

陸虎成瞪了胡四一眼，「我讓你回答了嗎？」

胡四立馬低下了頭。

「胡四，她是你什麼人？」陸虎成問道。

胡四答道：「婉君是我兒媳婦。」

「你們家是不是對她非常刻薄？」

胡四趕緊搖頭。「絕沒有的事情，我們一家子都對她很好哩。」

「那她為什麼愁眉不展，所唱的曲子全都是那麼苦？」陸虎成追問。

胡四腦門冒汗。「爺啊，你是有所不知，婉君嫁給我兒子沒多久，我兒子就溺水死了，你說她死了男人，能開心嗎？」

陸虎成點了點頭，揮了揮手，「胡四，這兒沒你的事了。」

胡四躬身告退，吩咐楚婉君道：「好好伺候這幾位爺。」

楚婉君一直低著頭，心裏緊張極了，雖然對陸虎成並無不好的感覺，但總覺得這人有種說不出來的感覺，在他面前，她只覺得自己心跳得厲害，像是要跳出胸口似的，一張臉也愈發的燥熱起來。

陸虎成也不說話，此時看著眼前低著頭的楚婉君，半晌才道：「你怕我？」

楚婉君點了點頭，忽然又搖了搖頭。

「這是什麼意思？有趣。」陸虎成笑了笑，對劉海洋道：「海洋，帶了多少錢？」

劉海洋道：「現金只有一萬。」

「都給我。」陸虎成一伸手，劉海洋把身上的現金都給了他。

陸虎成伸手抓住了楚婉君的一隻手，楚婉君嚇了一跳，猛地往回抽手，但她的那點力氣哪能掙脫的了，紅著臉看著陸虎成，心跳得更快了，滿面潮紅。

「別害怕，我只是覺得你剛才的曲子唱得很好，想給你些賞金。」陸虎成把一萬塊現金塞到楚婉君的手裏，「今天出來沒帶太多，就這麼些了，拿著吧，別嫌少。」說完就鬆開了楚婉君的手。

手腕處剛才被陸虎成握住的地方隱隱作痛，楚婉君看了看手裏的錢，也不知哪來的勇氣，抬起頭看了看陸虎成，這一瞬間，從未有過的一種感覺流遍了全身，她眼窩子一熱，似乎有一種液體流了出來。

「客人，你給的太多了，我不能收。」

胡四這時又回來了，瞧見楚婉君手裏那麼一疊鈔票，心裏爽歪了，立馬從楚婉君手裏把錢奪了下來，一個勁的道：「多謝幾位爺賞賜，來，吃菜喝酒，嘗嘗咱們正宗的太湖船菜。」

楚婉君發出一聲淺歎，轉身離開了這裏。陸虎成的目光一直跟著她，直到她消失在視線之中。

胡四走後，林東笑問道：「陸大哥，這可不像你啊，你什麼樣的女人沒見過，怎麼見了剛才那姑娘，就跟著魔了似的？」

陸虎成笑了笑，「因為她長得太像一個人了。」

「誰啊？」劉海洋問道，他跟了陸虎成那麼多年，陸虎成身邊的女人沒他不清楚的，就是沒覺得有長得像剛才那位的。

陸虎成搖了搖頭，「俱往矣，不提也罷。」

林東和劉海洋面面相覷，他倆從未見過陸虎成如此的傷懷。

「這魚做得還真不錯，你們別愣著啊，下筷子。」劉海洋趕緊轉移話題，可不能讓老闆這麼傷感下去。

胡四回到後廚，他婆娘見他手裏拿著一疊鈔票，兩眼發光，忙問道：「這錢從哪兒來的？」

胡四嘿嘿笑道：「那幾位給的小費。」

「那麼多？」胡四的婆娘驚呼道。

胡四看了一眼坐在不遠處發呆的楚婉君，「還是婉君有能耐啊，唱兩首曲子就能讓人給那麼多錢。」

胡四的婆娘說道：「那人是不是看上咱們家婉君了？」

胡四哼了一聲，「真要是看上了，只要給錢，我立馬讓婉君跟他走。」

胡四的婆娘見已經拿到了那麼多錢，就說道：「胡四，我看要不算了，你別找人來了，你看咱今晚已經賺到一萬塊了，算是發了一筆財了。」

胡四冷冷道：「說你們女人頭髮長見識短還真是沒說錯，你想想，一出手就是一萬塊，說明這夥人有錢？不幸他們這些大肥羊宰誰？電話我已經打了，半小時後，你就等著看好戲吧。」

坐在不遠處的楚婉君聽到了這話，嬌軀忽然一震，花容失色，不知當不當去通知陸虎成他們，讓他們趕緊走。正在猶豫之際，胡四走到了她的面前，笑著說道：「婉君啊，你再去給他們唱幾首曲子，別苦著個臉，笑一笑，說不定能拿到更多的錢呢。」

楚婉君歎了口氣，拿起琵琶走了出去。

「記著，笑一笑。」

陸虎成本來是個多話的人，今晚不知怎的，很少主動開口，全是劉海洋與林東在交流，他只是偶爾笑一笑。楚婉君在他面前的出現，打亂了他的心境，才發現心裏一直未曾忘記過前妻。想起當年，前妻幾乎害他喪了命，但不知為何，如今卻對她提不起一絲的恨。看到楚婉君，他就想起了前妻，後來知道了楚婉君淒苦的境況，更是心痛如刀絞一般。這個女孩，擁有和他前妻相似的外貌，陸虎成看得出來，楚婉君沒有前妻那歹毒的心腸，心地非常的善良。

他不禁在心中感慨，這麼好的女孩不該生活在淒苦之中，她的命運不該那麼淒慘。

「客人，還有什麼想聽的曲子麼？」

楚婉君抱著琵琶又走了過來，朝三人施了一禮。

陸虎成頓時來了精神，讓她坐下，「姑娘，你坐下吧。」

林東和劉海洋相視一笑，二人皆是心領神會，陸虎成看來是被這女子迷住了。

「客人，如果沒有特別想聽的曲子，那我就隨便唱了。」楚婉君再次說道。

陸虎成點了點頭，「你唱吧，隨便什麼曲子都行。」

楚婉君微微頷首，撥動起了琴弦，船下水聲潺潺，船上歌聲如泣如訴。陸虎成雖然隻言片語都聽不懂，但卻聽得十分入迷，跟隨楚婉君的曲調，沉醉其中。

砰！

琴弦崩斷，楚婉君眉頭一蹙，手上被劃開了一道口子，鑽心的疼。琴聲戛然而止，陸虎成猛然從曲調之中回過神來，定神望去，見到楚婉君手上的一點嫣紅，忽然就衝了過去，憂聲問道：「你沒事吧？」

楚婉君見他那麼大的反應，微微一笑，「只是破了皮，沒事的。」

陸虎成見到她的笑容，先是一愣，隨即說道：「你微笑時好美。」

楚婉君立時連耳根都紅透了，低頭羞怯的說道：「琴弦斷了，沒法繼續給你們彈奏了。」

陸虎成意識到了自己的失態，笑道：「沒事的，曲子我可以不聽。」

楚婉君心中有了決定，抬起頭在陸虎成耳邊低聲說道：「客人，趕緊走吧，離開這裏。」

「為什麼？」陸虎成問道。

楚婉君連連搖頭，「別再問我了，趕緊走吧，現在就走，否則就來不及了。」

「你不說為什麼，我就不走了。」陸虎成天不怕地不怕，他知道最多也就是胡四在背後使壞，胡四這種人還沒到能夠引起他重視的地步。

楚婉君站了起來，抱緊琵琶，「趕快走，我不能在這裏久留，快走吧你們。」說完抱著琵琶就要離開。

陸虎成一把抓住了她的胳膊，盯著楚婉君的眼睛，微微笑道：「你擔心我，是嗎？」

楚婉君的臉臊得通紅，連連搖頭，「客、客人，請自重。」

陸虎成撤了手，楚婉君慌慌張張逃也似的跑走了。

「陸大哥，你這是幹啥呢？」林東笑問道。

陸虎成回過神來，笑道：「好了，咱們吃菜吧。」

他重新回到座位上，依舊是魂不守舍的模樣。

吃了一會兒，胡四再次出現了。

「幾位爺吃得怎麼樣？」

林東點了點頭，「這菜做得不錯，道地。」

胡四咧嘴笑道：「那是自然的了，船菜說白了以前就是漁民們在船上燒的菜，我們家祖祖輩輩都是漁民，別的不敢說，船菜做得那是絕對的正宗。既然三位已然吃好了，那該算算飯錢了。」

陸虎成眉頭一皺，「胡四，你不是說這一頓你請的嗎？」

胡四哈哈一笑，「你們看看岸上再說話吧。」

林東朝岸上望去，只見岸上黑壓壓的一片人，估計得有百來人，心叫不好，那些應該都是胡四找來的幫手。

陸虎成和劉海洋也注意到了岸上那一片人，陸虎成對劉海洋使了個眼色，只要抓住了胡四，自然就有辦法逼迫胡四讓那些人離開。劉海洋明白陸虎成的意思，忽然發難，想要一舉將胡四治住。

胡四早有準備，站在船邊上，劉海洋一動，他就躍進了湖裏。這傢伙的水性不比水滸傳中的阮氏兄弟差，一進水裏，靈活的像條魚似的，腦袋飄在湖面上，朝船上吼道：「船上的，趕緊給錢吧，五萬塊，一分不能少。否則今晚你們就離不開這兒。」

岸上有上百口子的人，好漢架不住人多。林東知道硬拚是殺不出去的。

劉海洋與陸虎成倒是不怕人多，但現在是在蘇城，林東不得不考慮他們的安全。

「林東，殺過去嗎？」陸虎成問道。

林東搖搖頭，「恐怕咱們殺不過去了。」他抬手一指，胡四已經讓人撤掉了勾連岸上與畫舫的船板。

他們三人的水性都很一般，如果想從水路游到岸上，恐怕胡四一個人就能解決他們三個。

「現在怎麼辦？」劉海洋急得團團轉。

林東笑了笑，「海洋，別著急，我們好好的吃完這頓船菜，我包管待會胡四要請我們下去。」

劉海洋只好坐了下來，林東拿出手機給蘇城市公安局刑偵大隊的大隊長何步凡打了個電話。

「何大隊，兄弟有個事想請你幫忙。」

何步凡在林東的投資公司投了不少錢，收益豐厚，非常感激林東。聽說林東請他幫忙，自然萬分樂意，「林總，啥情況你跟兄弟說。」

「我在太湖這邊吃船菜，遇到了一幫地痞流氓訛錢，現在不讓我下船了。」林東說道。

何步凡在電話裏怒罵道：「誰的膽子那麼肥？林總，你稍安勿躁，兄弟我馬上帶人去支援你。」

林東道：「他們有上百口子人，你要小心啊。」

何步凡倒吸一口涼氣：「上百口子！這是要造反嗎？」

掛了電話，林東拿起筷子繼續吃菜，劉海洋聽到他做了部署，也就放下心來，倒了杯酒，一口乾了。

陸虎成笑道：「林東，還說自己不是地頭蛇？瞧瞧，一個電話直接打給了大隊長，你小子可以啊，官商勾結，這生意能不火紅嗎？」

林東笑了笑，「陸大哥，兄弟我這種手段哪比得過你？你手眼通天，認識的可都是大人物。」

陸虎成道：「別給我臉上貼金，上次你和管先生在京城揍了那假洋鬼子，要不是你驚動了部長，我還真是沒那麼快把你們撈出來。要說你小子才是深藏不露，怎麼就沒聽說過你還認識紀部長呢？」

林東如實說道：「說實話，紀部長長什麼樣我都不知道，我也是曲線救國，找的是別人，誰知道她那麼厲害，一個電話打到了部長辦公桌上。」

陸虎成一愣，「你那位朋友才是尊真神，不簡單啊！」

胡四已經上了岸，見林東三人談笑風生，看不出一點著急的樣子，自己倒是急了，站在岸上叉腰喊道：「喂，船上的聽好了，你們打傷了我們十幾個兄弟，醫藥費總得賠償的吧，也不問你們多要了，給四萬塊就放你們走。」

「喲，少了一萬。」劉海洋笑道。

林東道：「不過十分鐘，他還得降一萬。」

果然，胡四見船上還沒動靜，心裏真的急了，他知道劉海洋的厲害，又不敢帶人上去，只能在岸邊喊話，「聽好了，五分鐘之內同意花錢平事，那我再給你們減一萬，不然的話，我就要去把船鑿穿了，淹死你們。」

林東朝岸上吼道：「胡四，你有膽子就來把船鑿了，我絕不反對。」

胡四身後，那幫混混們立馬就跟著起哄。

「四哥，鑿船吧，淹死他們。」

「是啊四哥，都那麼挑釁你了，鑿船吧。」

胡四騎虎難下，那畫舫雖然是他用半新的漁船改造的，但也著實花了不少錢，真要是鑿沉了，他心裏可難受著呢，一艘船好歹也不止五萬塊啊，得不償失的事情他是不會做的。

林東三人已經都丟下了筷子，站在船邊上，看著岸上。

陸虎成吼道：「胡四，老子吃飽了，你要不要我幫忙，我免費幫你鑿船！」

胡四嚇得臉刷白，三人當中他最怕的就是陸虎成，要真是船被鑿了，那他以後靠什麼營生。

「四哥，別怕，鑿了船他們還不得淹死了，諒他們也不敢。」

「是啊四哥，放心大膽的讓他們鑿，我就不信還有自己把自己往絕路上逼的。」

身後人紛紛起哄。

胡四心想我才是自己把自己往絕路上逼，現在騎虎難下，只好一條道走到黑，對著陸虎成叫道：「你不怕淹死，就鑿吧。」

陸虎成哈哈笑道：「這可是你說的，老子就不客氣了。」

他話一說完，就轉身去找斧頭去了。走到船艙裏，看到楚婉君坐在那兒。

「你還沒走？」陸虎成走過去問道。

楚婉君一見是他，心裏莫名的慌亂起來，心跳加速，臉色緋紅，「我去哪裏？」

陸虎成道：「你沒聽到嗎？你公公要我鑿船哩。」

楚婉君搖了搖頭，「船沉了最好，淹死了就一了百了了。」

陸虎成在她對面坐了下來，「我陸虎成一直想長命百歲，但今天要是在這兒死了，我這輩子也不留遺憾了。」他看著楚婉君，深情款款的說道：「有你在這兒陪我，我縱然淹死了，心裏也是歡喜的。」

楚婉君心亂如麻，陸虎成毫不掩藏的向她表白了愛意，這令她心裏猶如小鹿亂撞，各種奇妙的感覺湧上心頭，仔細分辨一下，歡喜的成分顯然要多過其他感覺。

「你這人怎麼胡亂說話，剛才叫你快走，你為什麼不走？」

陸虎成笑道：「放心吧，胡四他對付不了我的。」

「他很凶的。」楚婉君低頭說道。

「我比他更凶！」陸虎成道。

楚婉君抬起頭看著他，「我看你沒他凶。」

陸虎成搖搖頭，「凶不在外表，像他那樣蹦躂的，全都是假凶。」

「聽不懂。」楚婉君搖著頭。

陸虎成抓住她的手，楚婉君渾身一顫，掙脫了幾下，看到陸虎成火熱的目光，全身都癱軟了，哪還有力氣掙扎。

「你不信，我就讓你看看。」

陸虎成拉著楚婉君出了船艙，楚婉君羞愧得不得了，頭都不敢抬，但心裏卻是滿心的歡喜，在她看來，這樣的男人才算得上真漢子。

「胡四，識相的趕緊把橋板架起來讓我們下去，否則一會兒老子真的鑿了你的船。」陸虎成站在船上吼道。

「四哥，別怕他，他不敢鑿船的。」

胡四心裏亂得很，早知道這夥人那麼難惹，他絕不敢訛他們的錢，但現在騎虎難下，要是此刻慫了，以後他在這一帶就沒法混了，只能硬著頭皮，「鑿吧，淹死你個王八蛋。」

「海洋，鑿船！」

陸虎成把從船艙裏找到的斧子丟給了劉海洋，劉海洋拿起斧子悶聲幹了起來。那一聲聲巨響傳到岸上，胡四的心臟在不斷的收縮，心裏那個疼啊。胡四的老婆嚇呆了，拉著胡四的手臂，「胡四，你個天殺的，誰讓你惹他們的，咱們的船要是沉了，往後可靠什麼活啊。」

胡四一時沒了主意，幾次都到了要舉手投降的邊緣，但一看周圍那麼多人，此刻要是認慫，他多年來的威信可就全毀了。

「員警來啦……」

也不知誰叫了一句，胡四的身後立馬騷動了起來，警笛聲響起，眾人四處逃竄，很快就只剩下胡四夫婦站在岸邊。

「援兵到了，海洋，別鑿了。」林東回頭道。

一輛警車在胡四跟前停了下來，何步凡下了車，朝胡四看了一眼，指著前面的船說道：「那是你的船嗎？」

胡四點點頭，「是啊，警官，他們在鑿我的船，你們快上去抓人。」

何步凡一揮手，「把這傢伙給我拷了！」身後兩名員警衝上來給胡四戴上了手銬。

胡四心中一震，看了看船上的三人，才知道很可能是得罪大人物了。

「哎喲，這回完了。」

胡四悔恨至極。

何步凡站在岸上，朝船上的林東吼道：「林總，兄弟我來遲了，您受驚了。」

「何大隊，來得不晚，剛剛好。」林東笑答道。

何步凡瞪了一眼胡四，「楞著幹什麼，搭板子讓他們下來啊。」

胡四這才從懊悔中回過神來，把板子重新搭上，而陸虎成卻站在船上，似乎並沒有下來的意思。

林東問道：「陸大哥，怎麼了？」

陸虎成道：「請神容易送神難，我要胡四那小老二過來請我下去。」

林東呵呵一笑，轉而朝岸上叫道：「胡四，你過來。」

胡四硬著頭皮上了船，心裏七上八下的，哆哆嗦嗦的問道：「幾位爺，還有什麼吩咐？」

「胡四，你過來。」陸虎成把胡四叫到面前，「你不是說不讓我們下船了嗎？」

胡四咧嘴笑道：「瞧您說的，我那都是跟您開玩笑的。私自囚禁，那可是犯法的事情，我可不敢做。」

陸虎成點點頭，「那你就喊兩聲『請爺爺下船』。」

胡四是個沒臉沒皮的人，讓他喊兩聲自然不是什麼難事，陸虎成話音剛落，他就扯起嗓子叫了起來，「請爺爺下船，請爺爺下船。」

楚婉君站在陸虎成身旁，見公公如此這般作踐自己，連連搖頭，這世上欺軟怕硬之人實在太多，也著實可恨。

陸虎成哈哈一笑，「胡四，你這傢伙實在可惡，以後再敢為惡，只要讓我知道，我必定饒不了你！」

胡四連連點頭，「下次再也不敢了，再也不敢了。」

「兄弟，我們走吧。」

陸虎成說完朝楚婉君看了一眼。楚婉君俏臉發燙，猛然低下了頭，不敢迎接那射過來的灼熱目光。而心裏卻是無比的惱恨自己，恨自己為何不敢看他一眼，他一旦走了，這輩子或許就再也不會見面了，或許也就不會再有那種令人刻骨銘心的心動了。

林東和劉海洋跟在陸虎成的身後依次下了船。

胡四見三個瘟神下了船，並沒有讓何步凡把他帶到局子裏去，心中大喜，心想撿回了一條命，趕緊跑到船艙裏去開船。他剛才騙陸虎成說發動機壞了，其實就是捨不得燒油。

陸虎成在岸上站穩腳跟，轉身看著湖中的那艘畫舫，楚婉君正憑欄朝他隔水望來，兩盞黃燈在夜風中左右搖曳。燈光忽明忽暗的照在她的臉上，陸虎成分明看到的是兩行令他心痛的清淚。他看到楚婉君的嘴唇輕輕動了幾下，似乎說了什麼，卻被馬達的轟鳴聲所掩蓋了。

船已經啟動，胡四心慌未平，著急趕著逃離這裏，加大馬力，恨不能把自己的小漁船變成快艇。

陸虎成怔怔的望著船上的倩影，楚婉君就這麼站在船邊上，夜風吹亂了她的長髮，揚起了她的裙裾。

「婉君……」

陸虎成吼了一聲，縱身躍進了湖裏。楚婉君見他落水，身軀一震，一時慌亂焦急，不知如何是好。

「海洋，陸大哥水性怎麼樣？」

林東萬萬沒想到陸虎成會跳進了湖裏，還真是愛江山更愛美人。

劉海洋也沒料到陸虎成居然如此衝動，撓著腦袋道：「不怎麼樣啊。」

「可別出事了。」

林東心裏咯噔一下，這太湖水深得很，陸虎成就這麼跳進去了，真是不要命了。

劉海洋也意識到了什麼，他顧不得自己水性不行，也一下子跳進了湖裏，撲騰的朝陸虎成游去。

何步凡一見這眨眼的工夫兩人下了水，急忙問道：「林總，現在怎麼辦啊？」

林東壓住心中的慌亂，這兩個北方來的旱鴨子都下了水，這是一個比一個衝動，「何大隊，你趕緊去找船！」

何步凡一點頭，快步走了。

林東站在岸上，他知道就算跳下去也不見得能把陸虎成和劉海洋救上來，見陸虎成正在奮力朝胡四的漁船游去，朝湖中吼道：「胡四，快停船，你他媽的快停船。」

胡四聽到了聲音，嚇得不輕，不僅不停，反而把馬力加到最大，全速前進。

這一會兒的功夫，陸虎成和劉海洋在水裏就快撐不住了，尤其是劉海洋，已經只能在原地撲騰了。

林東見情況不妙，在這樣下去，這兩人非得溺水不可，一轉身，瞧見岸上有幾個賣特產的，沉聲說道：「諸位，把湖裏那兩人救上來的，我給每人一萬。」

那幾人都是當地的漁民，一聽這話，二話不說，把衣服脫了扔在地上，穿著大褲衩就一窩蜂全都跳進了湖裏。

這些人到了水裏，那游的速度不比魚慢，很快前面第一個就趕上了劉海洋，劉海洋嗆了幾口水，神智已經不大清醒了，那人拉著他往湖邊游去，剩下的幾人繼續追逐剩下的獵物陸虎成。

陸虎成已經游得精疲力竭，眼看漁船離他越來越遠，視線中的楚婉君不見了，只看得到掛在簷下的兩隻黃燈。他仍是憋著一口氣，使出全身力氣拍打著水波，湖心風大浪大，一個浪頭打了過來，水位立時就沒過了他的頭頂。

陸虎成嗆了幾口水，便覺得身體無比的沉重，彷如一塊大石一般，直往水下沉去，淒然一笑，難道我陸虎成就要葬身太湖底了嗎？

第三章

不堪重負的家庭

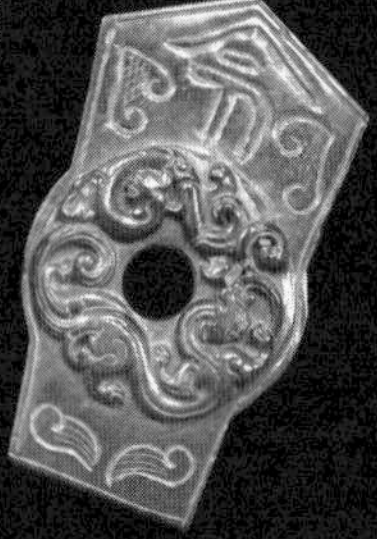

林東歎了口氣，如果他執意追著老牛這條線查下去，

勢必要把老牛給牽連進去，

只怕到時會給這個早已不堪重負的家庭帶去致命的打擊。

老牛一家老小若真是有什麼三長兩短，

林東知道以他的性格絕不會視若無睹，很可能這輩子內心都會感到愧疚。

這時，前面已經有幾個人追到了陸虎成身旁，在他們眼中，這人可是個寶貝，誰搶到了就是一萬塊錢，那幾人不分先後，有人抓著陸虎成的左手，有人抓著陸虎成的右手，還有的抱著陸虎成的身軀的。

「我的，我先搶到的。」

「是老子先搶到的。」

「都給老子滾開，這大漢是我的！」

林東見湖心吵了起來，心裏把那幾人罵了個遍，扯起嗓子吼道：「不要爭了，把人弄上來，你們個個都有一萬。」

這話傳入了湖心那幾人的耳朵裏，那三人頓時就消停了下來。不僅不吵了，反而變得無比的團結，齊心協力拖著陸虎成往岸邊游來。

這時，何步凡不知從哪兒弄到了快艇，開到林東面前的湖邊，「林總，怎麼辦？」

陸虎成跳下去肯定就是為了船上那個唱曲的女子，林東心想陸虎成肯定是動了真情的，應該替他完成這樁心願，便指著胡四的小船道：「何大隊，你追上那艘船，讓胡四把船開回來。」

何步凡笑道：「林總，你稍安勿躁，看我的！」說完就開著快艇飛速追了過去。

劉海洋和陸虎成相繼被弄上了岸，兩人都喝了不少水。好在岸上這些人都是漁民，知道這種情況該怎麼處理，幾下就把兩人胃裏喝的湖水都弄了出來。過了一會兒，劉海洋醒了過來，猛然坐了起來。

「林總，陸總呢？」

林東笑了笑。「海洋，你真是不要命啊，連游泳都不會你就敢跳下去，你這是去救陸大哥呢，還是指望陸大哥救你呢？」

劉海洋無言反駁，搖頭歎道：「唉，是我太衝動了。」

林東指了指另一邊，「陸大哥也被救上來了，他喝的水比你多，估計還要過一會才能醒。」

劉海洋起身走到陸虎成身旁，見他雙拳緊握，昏睡之中臉上仍是帶著不甘心的神情，似是有什麼心願沒有完成。

「林總，陸總跳下去不會真的是為了個女人吧？」

劉海洋可說是最瞭解陸虎成的人，二人朝夕相伴了多年，以他對陸虎成的瞭解，女人對陸虎成而言和手紙沒什麼差別，一個是上廁所要用，一個是解決肉欲的消耗品。劉海洋怎麼也不敢想像陸虎成會為了一個女人，不顧一切的跳進了太湖裏。

林東歎道：「海洋，這世上最難解最難懂的就是男女之情，無論陸大哥做了多麼讓你感到荒唐且不可思議的事情，都不要奇怪，因為這就是愛情的魔力。當你愛上一個人的時候，那種力量就是能讓你不顧一切，不管你平時多麼冷靜多麼理性。」

劉海洋笑著搖頭，「聽不懂，太深奧了。」

林東笑問道：「你談過戀愛嗎？」

劉海洋笑道：「至今還沒有，我跟陸總一樣，想找女人了，花點錢就是了。」

「算了，對牛彈琴，白費口舌，不跟你聊這個了。」林東無奈搖頭。

劉海洋傻呵呵的笑了起來。

何步凡開著快艇，很快就追上了胡四，拿著擴音器朝船上吼道：「胡四，趕快停船。」

胡四的船哪能快得過快艇，心想完了，肯定是要抓他去坐牢了。

「胡四，把船開回去，快！」何步凡命令道。

胡四本想棄船跳進水裏逃跑，但一見何步凡拿槍對著他，立馬就斷了這念頭。

「胡四，你他媽的要是敢逃跑，老子立馬崩了你！」

胡四只好把船往回開，何步凡開著快艇跟在旁邊，胡四也沒機會溜走，只好開著船靠了岸。

「上岸！」

何步凡吼了一聲。

胡四心想這下完了，估計要坐牢了，硬著頭皮上了岸。

此時，楚婉君從船上看到躺在岸上的陸虎成，也不知哪來的勇氣，忘記了矜持，拋掉了一切，不顧一切的跑了過來。陸虎成跳進湖裏只是為了追她，楚婉君已被他的這一舉動征服了。

跑到岸邊，見陸虎成一動不動的躺在那兒，楚婉君頓時淚如雨下，俏臉刷白。

「你別哭，我大哥還沒死。」

聽了林東這話，楚婉君止住了淚水，問道：「那他為什麼一動不動？」

林東笑道：「你去叫他幾聲，他或許就醒了。」

楚婉君道：「我還不知道他叫什麼。」

「你就叫他陸大哥吧。」林東答道。

楚婉君彎下膝蓋跪在陸虎成的身旁，看著渾身濕透的男人，心痛無比，帶著哭腔呼喚：「陸大哥，你快醒醒，陸大哥……」

陸虎成迷迷糊糊中似乎聽到有女人在哭，後來又聽到有人叫他，似乎是楚婉君的聲音。

「我怎麼能讓她哭呢，我應該給她快樂。」

陸虎成睜開沉重的眼皮，映入眼簾的便是楚婉君梨花帶雨的俏臉，抬起手摸了摸她冰冷的臉，「你哭什麼？」

「我……我以為你死了。」楚婉君見他醒來，破涕為笑，趴在了陸虎成的懷裏。

胡四就站在旁邊，一看兒媳婦跑到別的男人懷裏去了，頓時火冒三丈，「婉君，你幹什麼！」

陸虎成和楚婉君都站了起來，陸虎成笑著對楚婉君說道：「婉君，你告訴他你在幹什麼。」

楚婉君握緊陸虎成的手，只要有這個男人在她身邊，她就不怕任何人，語氣堅定的說道：「公公，我要跟他走！」

胡四一愣，「混賬，你是我兒子的媳婦，怎麼能跟別的男人私奔！」

「你兒子已經死了兩年了，我有權利追尋自己的幸福！」

「你、你……」胡四氣得說不出話來，臉色鐵青。

這時，陸虎成開口說道：「胡四，婉君說了要跟我走，那麼我就可以帶她離開，不管你願不願意。」

胡四直搖頭，「不行！當初為了給我兒子娶媳婦，我可是花了三萬塊的彩禮。」

陸虎成蔑笑道：「要錢是吧，好說。」陸虎成從懷裏把支票本摸了出來，卻發現已經被水泡成了紙團。

林東道：「陸大哥，我來。」

林東掏出支票本，「給你三萬，以後別再糾纏她了，知道嗎？」

胡四直搖頭，「不行，那時候三萬塊可比現在值錢多了，你得給我五萬。」

林東搖搖頭，心道胡四這種人還真是無賴，填好了支票，撕下來遞給胡四，這傢伙居然不收。

「我不要這個，誰知道是不是空頭支票，我要現金。」

「胡四，我告訴你別胡攪蠻纏！」劉海洋來了火氣，指著胡四罵道。

楚婉君拉了拉陸虎成的衣服，「陸大哥，別打他。」

陸虎成揮揮手，「海洋，別跟他一般見識。」

「胡四，我身上沒帶那麼多現金，要不你明天到我公司去拿，怎樣？」林東說道。

「不行，沒錢就別想把人帶走，絕對不行！」胡四的態度非常堅決。

陸虎成如果不是顧及楚婉君的感受，他才不會理會胡四的無理要求，但仔細一想，還是今天把這事了乾淨了，省得以後麻煩。

「咳咳……」

久未說話的何步凡咳了兩聲，亮了亮手銬，「胡四啊，我看你今天是非讓我把你帶回去啊。」

胡四敢跟陸虎成橫，就是不敢跟何步凡耍橫，見了手銬，嚇得不輕，嘀咕道：「員警同志，啥事咱不都得講理不是？」

何步凡一瞪眼，「講什麼理？你他媽是講理的人嗎？人家在你家當了幾年的媳婦，你兒子死了，人家要改嫁，你還問人要當初下聘的彩禮？是誰不講道理？你這種人就該拉去槍斃了！」

何步凡上前抓住胡四的胳膊，給他上了銬子。

「胡四，跟我去局裏講道理吧。」

胡四撅著屁股不肯走，哀求的看著楚婉君，「婉君，你讓他們把我放了，我不要錢了，我不想坐牢啊……」

楚婉君心腸軟，也不想看到胡四被抓，對陸虎成說道：「陸大哥，他怪可憐的，你放了他吧。」

陸虎成點點頭，「胡四，我問你，你以後敢不敢纏著婉君？」

胡四把頭搖得跟撥浪鼓似的，「不敢了，不敢了……」

「你要是爺們，就記住你剛才說的話，不是我怕你，而是我不想讓婉君不開心。如果你以後膽敢騷擾婉君，無論誰替你求情，我都饒不了你！」陸虎成瞳孔收縮，射出去的目光如寒刃一般，胡四心底一寒，嚇得魂不附體。

「何大隊，把這傢伙放了吧。」林東道。

何步凡打開了手銬，「胡四，老實點，再敢鬧事，我扒了你的皮！」

「走吧。」

陸虎成牽著楚婉君的手邁步向前走去。

胡四這回是賠了兒媳又折兵，心裏那個難受啊。

「喂，沒現金也可以啊，把支票給我啊……喂……」

何步凡停了下來，掉頭看著胡四，胡四立馬捂住了嘴。

「何大隊，今天多謝你了，改天我請你吃飯。」林東握著何步凡的手說道。

何步凡笑道：「林總，你太客氣了吧，咱們是兄弟，別跟我見外了，以後有啥難事都找我。」

林東點點頭，送何步凡上了車。

陸虎成和劉海洋身上都是濕漉漉的，林東朝他們兩個看了看，笑著搖了搖頭。

陸虎成把楚婉君摟入懷中，「兄弟，我知道你在笑我，可我要告訴你，我陸虎成就是這麼一個人，隨興所至，隨性所發，遇到了喜歡的人，別說是太湖，就是汪洋我也敢跳！」

林東豎起了大拇指，「行了陸大哥，我知道你是情聖，上車吧，帶你們回去換衣服。」

來時三人，回去的時候四個人。楚婉君起初話不多，但與他們熟悉之後，話也就漸漸多了起來。

「哎呀，我忘了我所有衣服都還在胡家呢，能不能送我回去拿啊？」楚婉君問道。

林東笑道：「衣服就算了，你要多少套，陸大哥都買得起。」

楚婉君目光溫柔的看著陸虎成，「陸大哥，你願意嗎？」

「只要你想要，商場我也買給你。」陸虎成笑道。

將陸虎成三人送回萬豪大酒店，林東便要告辭。

陸虎成換上了一身乾爽的衣服，叫住林東，「兄弟，等一會兒，我送你出去。」

林東知道陸虎成有話要對他說，在門外等了一會兒，陸虎成安頓好楚婉君就出來了。

「走吧。」

陸虎成和林東並肩而行，到了電梯門口，說道：「你知道我為什麼一眼就看上了婉君嗎？」

林東道：「我不知道，正等你解謎呢。」

「因為她像極了一個人，我的前妻！」陸虎成吐了一口煙霧，緩緩的說道。

林東一愣，「這麼多年來，你對她還未忘情？」

「忘了，」陸虎成淒然一笑，「她當年那麼對我，我已經對她死了心了，但是看到一個善良且長得又像她的人，我還是忍不住動了心。婉君是個好女孩，我的心也該有個歸屬了。」

林東笑道：「陸大哥，我恭喜你。」

陸虎成笑了笑，「好了，你回去吧。」

林東進了電梯，陸虎成直到電梯的門關上才離開。

沒想到去吃一次船菜會發生那麼多的事，更沒想到陸虎成會在太湖收穫愛情，攜美歸來。林東不禁笑了笑，天意，一切都是天意啊！由此想到白天陸虎成跟他說的國外財團欲要做空中國股市的事情，如今心情放鬆許多，心想謀事在人成事在天，國外那夥人想著搞垮中國股市，這得看老天爺站不站在他們那一邊。

回到楓樹灣已經將近十二點了。到了家裏，林母已經睡下了，高倩房裏的燈還亮著。林東推門進去，見高倩還在看書，笑道：「倩，你什麼時候也喜歡上看書了？這可不像你啊。」

高倩笑道：「別搗亂，我正在胎教呢。醫生說了，懷孕期間要讀一些書，這對於陶冶寶寶的情操很有幫助的。」

「哦，那你繼續看吧，我洗個澡去。」林東說著脫下了西裝褲，房間裏就有浴室，他很快就洗好出來了。

高倩問道：「怎麼那麼晚才回來？去哪兒了？」

林東道：「陸大哥來了，我帶他去太湖吃船菜去了。」

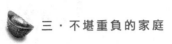

高倩訝聲道：「陸大哥來了？他怎麼來了？」

林東沒把陸虎成來的真正目的告訴高倩，怕引起高倩的擔心，在高倩懷孕期間，他要維護好高倩的好心情，笑著說道：「京城空氣太差了，整天都是濃霧籠罩，他來蘇城是遊玩來著。」

高倩不疑有他，說道：「陸大哥是貴客，他來了我不能裝作不知道的。改天請他吃頓飯，我也去。」

林東點了點頭，「對了，今晚陸大哥可是有不小的收穫。」

高倩笑道：「不就是吃頓船菜嘛，還能在菜裏吃到金子了？」

「金子算什麼，陸大哥吃頓飯帶了個人回來。」

「女的？」

「女的！」

「什麼情況？快跟我說說！」高倩的八卦之魂熊熊燃燒了起來。

林東把事情的經過粗略的說了一遍，高倩不滿意，纏著他非得讓他仔細說一遍，林東只好仔仔細細的講了一遍。

「我是發現了，你們幾個到一塊盡惹事。」高倩道，「陸大哥也是的，第一眼就看上了，也不知那女的什麼來路，萬一要是個不正經的女人，他陸虎成的一世威名可就全毀了。」

「你的擔憂不無道理，但我看那女的還不錯，應該是個正經女人。」林東笑道。

高倩小嘴一鼓，「你們男人只看得見女人長得漂不漂亮，遇到了漂亮的女人，先入為主的打了滿分，哪管得了其他的，哼！」

林東趕緊扯開話題，「老婆，我們睡覺吧，醫生說了，你不能熬夜的。」這招對付高倩非常有用，她馬上就放下了手中的書本，躺了下來，嘀咕了一句，「哼，我那麼晚沒睡，還不是因為等你。」

林東上床關了燈，摟著高倩的腰，在她的肚皮上摸了一會兒。

「別摸了，」高倩拿開了他的手，「摸得人家渾身酥酥麻麻的，都快忍不住要呻吟了。」

林東得意的笑了笑，在高倩耳邊說道：「要不是你懷孕了做那事對孩子不好，我分分鐘就把你辦了。」

高倩掐了他一把，「趕緊給我老老實實睡覺！」

第二天一早，林東還未起來，林母就準備好了早餐。看著桌上簡單卻非常對胃口的早餐，林東笑道：「媽，我真是捨不得你走了，要不以後你就跟我住在城裏吧。」

林母道：「別問我，你把你爸說服了再說，他那人缺不了我照顧。」

「爸捨不得家裏的幾畝地，我是沒把握說服他的。」林東道。

吃過了早餐，林東就去了金鼎投資公司，到了那兒立馬把管蒼生、崔廣才和劉大頭三人叫到了辦公室。

「林總，找我們什麼事？」崔廣才問道。

林東笑問道：「最近行情怎麼樣？」

劉大頭答道：「很好，股指正在回升，許多股民都認為新一輪股市春天已經來了。」

這些情況林東是知道的，股市經過長期的下跌之後，終於迎來了一段回暖期。

「有沒有什麼異常的現象？」林東問道。

劉大頭搖了搖頭，「沒看出有什麼異常的情況發生。」

林東朝管蒼生看去，「管先生，你覺得呢？」

管蒼生道：「我和小劉的看法一樣，沒覺得有什麼異常的情況。」

林東沒再多問，連管蒼生這樣的老前輩都沒看出來，陸虎成帶來的消息的可靠性讓他有點懷疑了。

「好了，沒什麼事情了，各位回去吧。」

管蒼生三人起身告辭，林東打開辦公室的電腦，他已經有一陣子沒有去好好的關注股市了，將最近兩月內兩市的交易情況仔細的研究了一遍，也的確沒看出有什麼異常的情況。

快到中午的時候，放在桌上的手機響了，林東一看號碼，是劉安打來的。

「林總，我們找到了牛強現在住的地方了。」

林東一喜，問道：「在哪兒？」

「陳家巷二十五號。」劉安答道。

「我下午過去，劉安，辛苦你們了，回去好好休息吧。」林東道。

下午兩點鐘，林東離開了辦公室，趕去了陳家巷。

陳家巷位於古城區，住在那兒的大多都是老蘇城的人。古城區的地皮是有價無市，根據他先前得到的資訊，牛強窮得已經搬進了城中村，忽然之間又搬到了陳家巷，前後反差如此之大，任誰都不會相信他沒問題。

到了陳家巷，林東把車停在巷口，下車步行朝巷子深處走去。

陳家巷雖比不上進士巷住的都是書香門第，但也不差，住在這裏的大多是家底殷實的老蘇城人，各家各戶的院子裏都栽了花木果樹，走在巷子裏芳香撲鼻而來，隨意一看，牆頭外花團錦簇，綠葉成蔭。

老蘇城人的生活就是那麼愜意，林東在看過吳長青和傅家琮兩家的宅子之後，也曾想過在古城區買棟宅子，那些現代化的洋房與這裏的老宅子比起來真是差遠了。

來到二十五號的門前，林東按了按門鈴，半天也不見有人開門，心道難道又不在家？

「算了，來都來了，就在這兒等著吧。」

林東找了處樹蔭，站在門外開始等待，也不知過了多久，老牛才在他的妻子程思霞的攙扶下來到了門前。林東見到程思霞掏出鑰匙開了院門，忙走上前去。

「請問是牛先生嗎？」

老牛警惕的看了看四周，然後才把目光停留在林東的身上，他害怕面前的這個年輕人是員警，害怕再被叫去警局詢問。

「請問你找老牛做什麼？」程思霞非常鎮定，面無表情的問道。

林東笑道：「我找老牛瞭解一些情況。」

程思霞道：「我們家老牛剛從醫院回來，身體非常虛弱，你請回吧。」

林東笑道：「我都在這邊頂著大太陽等了半天了，我就算不找老牛瞭解情況，也能讓我進去喝杯水吧？」

老牛覺得林東不是壞人，開口說道：「那就請進吧，我去倒杯水給你喝。」

林東跟著老牛夫婦進了院子。進去一看，這院子裏養了很多花，中間還栽了一棵大棗樹。

老牛指了指棗樹下的凳子。「你就在那兒坐下吧，現在日頭都落下去了，院子裏涼快。」

林東走過去坐了下來。老牛去給他倒水去了，倒來了水，老牛就被程思霞叫了過去。

「老牛，你進屋去吧，別出來。」程思霞小聲叮囑道。

「思霞，我看這年輕人不像是壞人，你瞧模樣多正派啊。」老牛說道。

程思霞道：「要是以前，我當然不會害怕什麼，但你別忘了，咱們拿了金河谷的錢，我始終心裏難安。我看這年輕人多半是為了那事來找你的，你千萬不要跟他聊天，不要和他說話！」

老牛點點頭，端了張凳子在門口坐了下來。

林東坐在院子裏，他不想就這麼白來一趟，慢吞吞的喝著杯子裏的水，努力尋找與老牛交流的機會。老牛也在觀察他，怎麼看也不覺得林東像員警，那這人為什麼來找他瞭解情況呢？

又過了一會兒，老牛的兩個孩子放學回來了。

林東看見兩個孩子身上還穿著打著補丁的衣服，都顯得面黃肌瘦的，一看就知道是長期營養不良造成的。

「爸，你說給我們買新衣服的，什麼時候買啊？」男孩問道，今天他在學校又遭到同學的鄙視了。

女孩也說道：「我的球鞋鞋底都有個洞了，爸，你啥時候給我買雙新鞋啊？」

老牛雖然有錢了，但始終不敢怎麼花，金河谷給他的錢，除了拿出一點看病之外，他一分沒動，所以家裏暫時的生活狀況並沒有比以前好多少，除了不用再住棚戶區。

程思霞這時從廚房裏走了出來，她已經被金河谷安排去金氏玉石行做會計了，一個月公司有五千多，比以前在工廠裏要多一倍不止。

「你們別吵你爸了，家裏暫時沒錢，等這月過了我發工資了，媽都給你們買。」

兩個孩子得到了承諾，立馬高興了起來，拉著手在院子裏玩了起來。

「爸爸，這是我們家的親戚嗎？」男孩看到了坐在棗樹下的林東，指著問道。

老牛不知該如何回答，林東卻已笑道：「是啊，我是你們家的親戚，你們過來和我一起玩好不好？」

「好啊。」

兩個孩子歡呼雀躍，蹦蹦跳跳來到林東身旁。

「你會玩什麼？」

林東撓撓腦袋，他實在想不起來自己會玩什麼，就問道：「你們都會玩什麼呢？」

男孩道：「我的偶像是姚明，我喜歡玩籃球，你會嗎？」

林東笑道：「這個我會。」

男孩跑過去從院子的角落裏抱過來一隻已經看不清是啥顏色的籃球，遞給了林東，「你拍幾下給我看看。」

林東接過髒兮兮的籃球，運球拍了起來，起初不是很適應，但畢竟籃球功底扎實，很快適應之後就玩起了花樣動作，背後運球、胯下運球等悉數登場。

幾分鐘過後，林東停止了拍球，「小朋友，怎麼樣，我籃球玩得好嗎？」

男孩拍著小手，眼中滿是崇拜，「大哥哥，你太厲害了，比我們體育老師玩的都好。」

「你玩幾下給我看看。」林東把籃球遞給了男孩。

男孩運起了球，手上沒什麼力氣，很容易把球運丟，嘟著小嘴問道：「大哥哥，你能教我運球嗎？」

「可以，不過這個球不行，它已經變形了，變成了鴨蛋的形狀，不好拍。」林東蹲在地上說道。

男孩撇了撇嘴，「我們家沒錢，這個球還是我在垃圾桶裏撿到的。」

林東心裏驀地一酸，站了起來，「那你等等我。」

他朝老牛看了一眼，沒說話，轉身往門外走去。

離開老牛家，林東迅速的來到了巷口，開車直奔商場，他剛才把兩個孩子的身高和腳的大小記了下來，到了商場，給兩個孩子一人買了兩身衣服和兩雙鞋子，然後又到賣運動品的樓層買了一隻上千塊的斯伯丁籃球。

買完這些，林東就開車又往陳家巷趕去，依舊把車停在巷口，然後帶著買給老牛兩個孩子的東西趕到了老牛家裏。

「瞧，看我買了什麼！」

林東亮了亮手裏的籃球，男孩眼前一亮，興奮的叫道：「好漂亮的籃球啊！」

「不止這些！」林東把買來的東西都亮了出來，「孩子們，快來拿你們的衣服鞋子吧，回房間試試大小。」

林東把衣服和鞋子分給老牛的兩個孩子，孩子開心得不得了，抱著衣服就跑進了房裏。

「你這是幹什麼？」坐在門口的老牛終於開了口。

林東笑道：「牛先生，你別誤會，我看到他們想起了我自己小的時候，家裏也很窮，那時候的願望特別簡單，跟他們一樣，能穿上新衣服就特別滿足。我給他們買東西，就是為了能讓孩子們開心一下，沒有別的想法。」

「唉……」

老牛歎了口氣，再次沉默了下來。

林東在外面站了沒幾分鐘，兩個孩子就穿著新衣服新鞋子跑了出來。

「大哥哥，衣服和鞋子的大小都很合適，這鞋子好舒服啊。」男孩說道。

女孩低頭看著自己腳上的新鞋，高興得眼淚都流了下來，「明天就再也不會有同學說我的鞋子是從垃圾堆裏撿的了。」

林東摸了摸女孩枯黃的頭髮，他想到老牛家之前的生活狀況，如果換作是他自己，這時候金河谷帶著鈔票找上門來，估計也無法拒絕。

男孩在一旁拍起了籃球，女孩則一直看著自己的新鞋。

又過了一會兒，林東向老牛告辭，「牛先生，打攪了，我走了。」

「大哥哥，你別走啊，陪我再玩會兒嘛。」男孩拉著林東的衣服。

「哥哥下次再來找你玩，告訴哥哥還有什麼想要的，哥哥下次帶來給你們。」林東笑道。

男孩想了想，說道：「我想吃肯德基，自從爸爸生病之後，我就再也沒吃過肯德基了，好想再去吃一次啊。」

「你的願望很簡單，我一定會幫你實現的。」林東轉而又問女孩，「小姑娘，你的願望是什麼呢？」

女孩道：「我和弟弟一樣。」

林東朝門口走去，老牛猶豫了一下，趁程思霞在廚房沒注意，追了出去。

第四章

毒計上心頭

金河谷的目光從林東身上一掃而過，一條毒計湧上心頭，冷笑道：「高大小姐，請問林東是你什麼人啊？」

「是我老公！」高倩答道。

金河谷哈哈一笑，「估計不止是你一個人的男人吧？」

高倩皺了皺眉頭，「金河谷，你亂嚼什麼舌頭？」

林東心裏一驚，已經猜到了金河谷肚子裏憋的是什麼壞水。

巷子裏。

「先生，等一等。」

林東聽到老牛的聲音，駐足轉身。

「老牛？」

林東感到很驚訝。

老牛走到他身前說道：「謝謝你為我的孩子做的事情！」

林東笑道：「不用謝我，我不是說了嗎，看到他們我想到了自己的小時候，我和你的兩個孩子很有緣。」

老牛道：「我大概知道你來找我的目的，但請你原諒我不能告訴你，請你體諒一個做父親的心。我是一個將死的人，能在臨死之前為老婆孩子安排好一切，那是我最大的願望。」

老牛朝林東鞠了一躬，說道：

「為了家庭，就算讓我死後下阿鼻地獄我也願意！他們跟了我遭了太多的罪，好不容易有這次機會，就算是做了什麼傷天害理之事，我也無怨無悔，所有的過處就讓我一人承擔，所有的懲罰都降罪給我吧！」

看得出老牛是個老實的人，林東絲毫不懷疑他所說的話的真實性。老牛也是個苦命的人，才四十歲不到，上有老下有小，居然攤上了這病。林東看著他那因長期化療而略顯虛胖的臉，那浮腫的臉，暗黃的肌膚，無神的雙目，一切都在昭示著眼前這人已到了油盡燈枯的邊緣，他的生命已走到了盡頭。

林東歎了口氣，如果他執意追著老牛這條線查下去，勢必要把老牛給牽連進去，只怕到時會給這個早已不堪重負的家庭帶去致命的打擊。以金河谷的為人，一旦老牛這邊出賣了他，金河谷自然要拿老牛一家開刀。老牛一家老小若真是有什麼三長兩短，林東知道以他的性格絕不會視若無睹，很可能這輩子內心都會感到愧疚。

「老牛，你放心回家過你的日子吧，我以後不會再來打攪你了。」

林東說完，轉身朝巷口走去，老牛看著他離去的背影，嘴唇囁嚅了幾下，想說什麼，可終究卻是無言。

「好人啊！」

老牛歎了口氣，轉身背著手往家裏走去。他知道金河谷不是什麼好人，也知道金河谷給了那麼多錢要他做的那件事必然不是什麼好事，老牛自個兒心裏也很愧疚，但為了高堂老母和年幼的兒女，這一次，他只能違背良心做一些事情了。

回到院子裏，程思霞急匆匆的走了過來，低聲問道：「你去找他了？」

老牛一點頭。

程思霞嚇得臉色刷白。「天殺的！誰讓你去找他的？你難道不知道他來的目的嗎？」

老牛說道：「我當然知道，思霞，那人不錯，沒壞心的。」

程思霞把他拉進廚房裏，咬著牙，氣呼呼的樣子，說道：「人心隔肚皮啊老牛。我們是什麼？我們就是地上爬的螞蟻，苟延殘喘，他們那些人抬腳就能碾死我們。你不躲他，反而去找他，你到底想怎麼樣？要害死全家嗎！」

老牛歎道：「思霞，你別生氣。我什麼都沒跟他說，反倒是他，說不會再來打攪我們了，讓我們一家好好過日子。」

程思霞一愣，驚問道：「他真的是那麼說的？」

老牛道：「結婚這麼多年，你說我啥時候騙過你？」

程思霞知道丈夫是老實人，既然他這麼說了，那麼就不會有假，說道：「你當然不會騙我，但這不代表他不會騙你！不管怎麼說，以後你再不要跟他說一句話了，知道了嗎？」

老牛點了點頭。

林東走到巷子口，開車往回走，想到答應了老牛兩個孩子的事情，便開車找了一家肯德基，買了兩份全家桶，多給了送外賣的一些消費，讓他把兩份全家桶送到陳家巷二十五號。那送外賣的見林東給了那麼多錢，自然樂意，一個勁的點頭，說保證二十分鐘之內送到。

辦完這事，林東就開車回去了。一刻鐘之後，送外賣的就到了老牛家的門外，敲了敲門。

老牛夫婦一聽到敲門聲就緊張，一家人正在吃晚飯，程思霞看著老牛，聲音發顫的問道：「不會是又回來了吧？」

兩個孩子倒是挺高興，他們巴不得林東就住在他們家不走了。

老牛放下飯碗，「我去開門。」

拉開門一看是送外賣的，老牛道：「小哥，走錯了吧？我們沒叫外賣啊。」

送外賣的笑道：「沒錯，陳家巷二十五號，請問你是牛先生嗎？」

老牛點了點頭，心道這事情還真是蹊蹺。

送外賣的把兩份全家桶遞了過去，「牛先生，這是一位先生讓我送過來的，請您簽收。」

老牛想起林東走時問孩子們的話，便知道這是林東叫人送來的，搖頭歎氣，拿過筆簽了字，拿著全家桶回到了屋裏。

「圓圓、冬冬，看我手裏這是什麼？」老牛笑哈哈的進了門。

兩個孩子一看到老牛手裏的肯德基大罐子，都丟下了飯碗，朝他撲了過去。

「別搶別搶，一人一個。」老牛笑著把兩份全家桶遞給了孩子。

程思霞問道：「老牛，這到底是怎麼回事？」

老牛道：「我跟你說了，那年輕人心善，他見咱的娃娃可憐，身上穿的都是破得不能再破的，先是給娃娃們買了衣服鞋子，後來又讓人給娃娃們送來他們想吃的東西，你說這能不是好人嗎？」

程思霞心裏也略有些感動，拋開成見，林東給她的印象也的確不錯，只是她生性要比老牛多疑，說道：「老牛，無事獻殷勤，非奸即盜！老話說的不是沒有道理，你自己琢磨著吧。」

「吃飯。」

見兩個孩子吃的那麼開心，老牛心裏非常的滿足。

還未到家，林東就接到了陶大偉打來的電話。

「聽劉安說找到那個人了，你去瞭解了嗎？」

林東說道：「去了。」

陶大偉略顯興奮的問道：「怎麼樣？從那癆病鬼身上能挖掘出什麼嗎？」

林東搖搖頭，「恐怕要讓你失望了，我決定放棄這條線索了。」

「為什麼？」陶大偉非常驚訝，拉長了聲音問道。

林東歎道：「那人叫牛強，三十幾歲，上有老下有小，白血病患者，我估計是不久於人世了。你沒見到他們家的狀況，如果你見到了，我估計你也會跟我產生同樣的想法。大偉，那一家人太慘了，追究下去，老牛的妻兒老母可就沒活路了。」

陶大偉歎道：「唉，你就是心太軟！你知不知道一句話叫法不容情？他既然犯了錯，那就應當受到處罰。如果都像你這樣寬容，那還需要法律幹嗎？」

林東呵呵一笑，「陶警官，我不是執法者，不太懂，你就別跟我說這些了。」

陶大偉道：「這條線你要斷就斷吧，反正兄弟我也是為你查的案子，你現在說不查了，我也不反對。」

「別介意啊，兄弟，我跟金河谷仇深似海，不與他來個不死不休，我是不會罷手的。這案子你還得替我查下去，但不急於一時，你自己也小心點，老馬可是安插了許多人盯著你呢。」林東說道。

陶大偉很煩惱，目前唯一的一條線索被林東給斷了，接下來還真是不知從何處入手，「我就算是想快也快不起來了，還得重新去找線索呢。」

「你辛苦了，大偉，我又欠了你一頓飯。」林東笑道。

「少跟我扯那沒用的，小恩小惠就想把我打發了，我告訴你，你這次欠我欠大了！」陶大偉大聲說道。

「好了，大不了我的公司哪天上市了，送你點乾股，夠意思了吧？」林東笑道。

陶大偉嘿然笑道：「這還差不多。」

掛了電話，林東專心開車，很快就到了家。

林母準備好了晚飯，見他回來，略帶責備的說道：「怎麼那麼晚才回來，倩倩一直說要等你。」

林東沒在客廳裹看到高倩，問道：「媽，高倩人呢？」

林母指了指房間，「在房裹呢，你白阿姨也在裹面。」

林東朝房裹走去，推門一看，高倩正坐在床上練瑜伽，白楠站在一旁，細心的指導她。

「倩，別練了，出去吃飯吧。」

高倩看他進來，笑道：「不行，這一整套要練完的，不能半途而廢。」

林東見她有些動作難度比較高，不免有些擔心，畢竟高倩現在懷著孕，便說道：「倩，你這樣行嗎？會不會傷著孩子？」

白楠笑道：「姑爺，你別擔心了，這麼做對倩小姐和肚子裏的寶寶都是有幫助的，不會有事的。」

林東有點納悶，問道：「白阿姨，現在沒事，等她肚子大了，做這些動作難道也沒危險？」

白楠解釋了一下，「姑爺，這套動作並不是一成不變的，等到了那個時候，我也就不會讓倩小姐做難度那麼大的動作了。」

林東稍稍放心了些，在房間裏看著高倩把一套瑜伽動作做完。一套動作做畢，高倩出了不少的汗，為了能讓肚子裏的寶寶健康成長，天氣雖然炎熱，但她也堅持不吹空調。

晚飯是白楠和林母一塊做的，高倩畢竟生於長於蘇城，比較習慣蘇城的口味，於是就由白楠做了幾道蘇城的家常菜，而林母則是做了幾道老家的菜。她吃不慣蘇城這邊放糖的菜。

「老公，明天你有時間嗎？」

林東說道：「有啊，怎麼？」

高倩道：「我們該準備婚禮上穿的婚紗和禮服了。」

「是哦，距離婚禮已經沒多少日子了，倩，那我們明天就去吧。」林東笑著說道。

「還有婚紗照，原本我是打算和你到世界各地的風景名勝去拍的，但現在恐怕是難以成行了，飛來飛去，肚子裏的寶寶可受不了。」高倩低頭看了看自己的肚子，想到自己的身體裏面正在孕育著一個新的生命，心裏充滿了驕傲與自豪之感。

「倩，等孩子生下來之後，我一定抽時間達成你的心願，到時候我們帶著孩子，一家三口環遊世界。」林東說道。

高倩點了點頭，「這可是你說的，可別到時候又以各種各樣的理由推脫。」

第二天一早，林東和高倩八點鐘就從家裏出來了，和郁小夏在蘇城最著名的婚紗店會面之後，整整一天就耗在了裏面。林東不到一個鐘頭就把自己婚禮當天要穿的衣服定好了。他準備了兩套，一套西式的西裝，一套中式的唐裝。新郎的禮服沒什麼可挑的，而高倩就不同了，在郁小夏和婚紗店店員的陪同下，似乎有試遍這裏每一件婚紗的意思。

總算熬到了中午，本以為可以休息一下，而林東卻發現高倩和郁小夏並沒有打算離開婚紗店的意思。

「老公，餓了吧？」

高倩在試完一件紅色的旗袍之後，終於意識到了林東的存在，這才發現這半天都冷落了他。

林東聽了這話，本以為高倩會說出去吃飯，於是就連連點頭，他的確也很餓了。

郁小夏這時走了過來：「林東餓了啊？」

「小夏，難道你不餓嗎？」林東苦笑著問道。

郁小夏笑道：「我不餓，店裏有甜點，你去那邊吃點唄。」

高倩也說道：「是啊，這裏的甜點很好吃的，還有各種飲料。老公，你自己去吃點填飽肚子，我和小夏繼續奮戰。」

林東一臉的無奈，一個服務員走了過來：「先生，請跟我來吧，我帶您去我們的顧客餐廳。」

林東跟著服務員走進了顧客餐廳，這才發現這裏有多棒，不僅有各式甜點，還有各種水果。

「先生，這是我們特意為顧客朋友們準備的，需要什麼您請隨意挑選。」那人把林東送到餐廳就走了。

林東拿著盤子取了一些食物，甜點之類的他不怎麼愛吃，但是冰西瓜卻是他的最愛。在這樣炎熱的天氣裏，西瓜這東西是可以拿來當飯吃的。

在餐廳慢慢悠悠的吃了一個多小時，林東回到高倩試婚紗的地方，見她和郁小夏仍是不知疲倦的在鏡子前比劃。

「老公，你看這件怎麼樣？」

林東一點頭：「好看，我覺得不錯。」

「可我有七八件都覺得很好看，難以取捨，不知道買哪件才好。」高倩嘟著嘴說道。

林東笑道：「這有什麼做不了決定的，要是覺得好看，咱就都買了，等婚禮那天，你想穿哪件就哪件。而且我們要辦兩次婚禮呢，多買幾件也無妨。」

郁小夏笑道：「是啊，倩姐，要不咱就都買了吧？」

高倩點了點頭：「那我就不挑了，就那幾件全買了。」

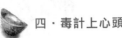

林東聽了這話，有種如蒙大赦的感覺，從懷裏掏出金卡，就要去刷卡結賬。

「倩姐，那下面就該我選做伴娘穿的禮服了哦，你要幫我好好看看。」郁小夏拉著高倩繼續挑選起來。

林東大呼痛苦，只能找個地方坐下來，慢慢的等待。

在兩個小時之後，郁小夏終於選好了她的禮服，與高倩手牽手走了過來。林東總算看到了黎明的曙光，馬上就去把錢付了。到了婚紗店外面，郁小夏先開車走了，林東開著車送高倩回了家。

一到家裏，高倩這才感到疲憊，讓白楠把買來的八套婚紗和林東的禮服拿出去洗了，然後就上床睡覺去了。林東一看時間，已經是下午四點多了，打電話給陸虎成問了問情況。

「陸大哥，今天去哪兒玩了？」

陸虎成道：「去海城見了幾個朋友，剛回來不久，老弟，晚上出來聚聚吧？」

林東笑道：「好啊，倩倩知道你來了，要做東請你們吃頓飯。今晚這頓飯就讓我們做東吧。」

陸虎成笑道：「這是在蘇城，是你的地盤，我不跟你搶。」

「好，晚上七點，就在你入住的萬豪國際大酒店吧。」林東定下了地方。

掛了電話，高倩睡了一個多小時，醒來後林東就把約了陸虎成吃飯的消息告訴了她。高倩從林東口中得知陸虎成有了新歡，心想頭一次見面，作為東道主應該給楚婉君帶份禮物，和林東商議了一下，打算去買件首飾送給楚婉君。

高倩化了淡妝，然後便跟林東出了門。林東開車帶著高倩去了金氏玉石行總店，高倩在裏面挑了一條鉑金項鏈，禮物不算貴重，但也拿得出手。

買完禮物之後，林東帶著高倩直奔萬豪去了。

到了萬豪，林東帶著高倩來到陸虎成所住房間的門前，按了按門鈴，給他們開門的是陸虎成。自從陸虎成把楚婉君帶回來之後，劉海洋就住到對門去了。

「陸大哥，好久不見，你還是那麼精神。」高倩和陸虎成打了招呼。

陸虎成哈哈笑道：「弟妹啊，我這次來聽說你們要結婚了，反正也沒多久了，我就在蘇城住下，等你們結完婚我再回去。」

「嫂子呢？」高倩笑問道。

陸虎成愣了一下，隨即明白了過來，把林東和高倩領進了客廳裏，對著房內叫了一句：「婉君，林東他們來了，出來吧。」

過了一會兒，楚婉君才從房裏走了出來，略微顯得有點羞澀。

高倩走上前去，拉著楚婉君的手：「哎呀，這就是嫂子吧，好漂亮啊。」

楚婉君的確姿色出眾，以前不能脫離胡四的掌控，沒有快樂可言，所以整天苦著個臉，倒是削減了她幾分美麗。跟著陸虎成雖然不過兩天，但每分每秒都是快樂的，自然心情大好，整個人也顯得容光煥發，格外的美麗。

「妹妹說笑了，你可比我漂亮多了。」楚婉君紅著臉說道。

陸虎成介紹了一下：「婉君，這位漂亮可愛的妹妹就是林兄弟的妻子，過不了多久他們就要舉行婚禮了。林兄弟和我是佛前磕過頭的兄弟，我當做親弟弟一樣看待，你做嫂子的，以後也不能怠慢了我的兄弟。」

楚婉君點點頭：「嗯，虎成，你放心吧。」

林東一聽楚婉君對陸虎成的稱呼都變了，不禁一笑。

高倩拉著楚婉君去房裏說悄悄話去了，高倩的交際能力特強，跟誰都像是熟人似的，要比楚婉君活泛許多。

陸虎成和林東在客廳裏坐了下來。

「老弟，你該猜到我去海城幹什麼的吧。」

林東心裏咯噔一跳：「陸大哥，不是讓你先把那事瞞住的嗎？」

陸虎成笑了笑：「嘿嘿，你的話我還是能聽得進去的，告訴你，我去海城可不是去散播消息的，我只不過找了幾個同行聊了聊，看看他們有沒有反應。」

「結果如何？」林東問道。

陸虎成搖了搖頭：「這夥人都準備趁這波好行情猛發一筆財，絲毫沒有感覺到臨近的危險。」

林東道：「我昨天也仔細看了看最近市場的情況，不瞞你說，我也看不出來最近市場有什麼異常的情況。對了，管先生也是。」

陸虎成道：「這個消息是真是假，暫時都不可知。但是我感覺我們現在就是坐在奔馳的馬車上，前進的速度越來越快，而前面卻是一片散不開的濃霧，不知道什麼時候咱們的馬車就會衝進了懸崖裏，把我們摔得粉身碎骨。」

陸虎成的比喻非常形象恰當，林東沉默了一會兒，說道：

「這又能怎麼辦？我們走上的這條路本來就是這樣的，行情好的時候，我們輕鬆點賺錢，行情差的時候，我們拚了命的淘金，可說是從沒有休息的時候。面前就算是一道懸崖，我們也沒法停下來，只有加快速度從懸崖上飛過去，我們只有這一條生路。」

陸虎成道：「老弟，你說得對。閉著眼往前衝吧，咱中國有句老話，兵來將擋水來土掩，洋鬼子敢來搗亂，大不了咱們真刀真槍的跟他們幹一仗，敗了，那咱們就是鬼雄，贏了，那咱們就是英雄！」

「中華民族不會被擊倒，中國人的智慧足以解決世界上的任何難題！」林東沉聲說道。

客廳中煙霧瀰漫，陸虎成吸完了一根煙，喝了口茶，笑道：「以後就不談這個問題了，我剛找到婉君，是時候跟她輕鬆輕鬆，接下來的半年時間，我打算帶著婉君世界各地玩一圈，工作上的事情暫時不管了。」

林東笑道：「我也想能有你這麼豁達，可我的事情實在太多，感覺虧欠了許多人。」

陸虎成低聲道：「你是感覺虧欠了很多女人吧？」

林東一愣，露出不可思議的表情，心中駭然，他實在不知道陸虎成是怎麼猜到他的真實想法的。

「別驚訝，你是男人，我也是男人嘛，我早看出來了，你不可能只有高倩這麼一個女人的。」陸虎成小聲說道。

「你是怎麼看出來的？」林東算是默認了。

陸虎成笑道：「大你二十來歲不是白大的，你這小子臉上就刻著風流二字！不過我得提醒你一句，女人瘋狂起來遠比男人可怕，古今多少英雄折在了女人手裏，你得注意。」

「陸大哥，道理我懂得，放心吧。」林東也在心裏暗暗告誡自己，保持目前的狀況就很好，可千萬別再跟別的女人產生感情問題了。

陸虎成站了起來：「走吧，肚子餓了，吃飯去。」

「海洋呢？」

陸虎成指了門外：「說是怕打擾我，住對面去了，這傢伙……」

吃過了晚飯，林東等人從包間裏走了出來，冤家路窄，居然在走道上遇見了金河谷。

金河谷看了看挽著林東胳膊的高倩，楞了一下，「高大小姐，是你嗎？我沒看錯吧？」

「金大少，你的眼睛有問題嗎？不是我是誰。」高倩冷冷道，對於金河谷，她向來沒有好感。

金河谷的目光從林東身上一掃而過，一條毒計湧上心頭，冷笑道：「高大小姐，請問林東是你什麼人啊？」

「是我老公！」高倩答道。

金河谷哈哈一笑，「估計不止是你一個人的男人吧？」

高倩皺了皺眉頭，「金河谷，你亂嚼什麼舌根？」

林東心裏一驚，已經猜到了金河谷肚子裏憋的是什麼壞水。

劉海洋握緊了拳頭，往前踏出一步，在林東耳邊低聲道：「林總，要不要我替你擺平這傢伙？」

林東搖了搖頭，「海洋，這事不是拳頭能解決的。」

「金大少，不需要你提醒，我男人在外面的事情我比你清楚，那是他的本事。我知道你喜歡蕭蓉蓉，可是她就是不搭理你，偏偏愛上了我的男人。你心裏一定非常的羨慕嫉妒恨吧？」

高倩語出驚人，這一下把林東和金河谷都給嚇到了。林東一直以為他和蕭蓉蓉的事情高倩並不知曉，而金河谷本以為能拋出一個重磅炸彈來破壞他們夫妻之間的感情，沒想到高倩早已知道了。

金河谷的臉色變得很難看，對高倩豎起了拇指，說道：「高紅軍的女兒就是不一樣，與其他女人分享一個男人這種事情都能忍受，我金河谷佩服啊！姓林的，你對付女人的手段，我的確不如你！」

說完，金河谷自知無趣，掉頭就走了。

林東看了高倩一眼，雖然她顯得非常平靜，但目光卻顯得異常冰冷。

陸虎成拍了拍林東，「夫妻之間沒有什麼不能調節的矛盾。老弟，回去好好認個錯。」

這事情外人根本幫不上什麼忙，陸虎成也沒多說，帶著楚婉君走了。

空盪的走廊裏只有他們兩個人，林東幾乎能夠聽得到高倩沉重的呼吸聲。

「倩，你都知道了，為什麼……」

高倩打斷了他的話，「我說過了，你只要不跟亂七八糟的女人胡搞就行，我能容忍柳枝兒，就能容忍蕭蓉蓉，這兩個女人都是真心愛你的。但是，林東，請你記住，你明媒正娶的老婆只能是我！」

「我……」林東心中湧起了深深的愧疚之情。

高倩打斷了他，「這事情以後就不要提了，任何人想破壞我們夫妻之間的感情都是不可能的，金河谷打錯了算盤。」

林東握緊了拳頭，金河谷所做的事情一而再再而三的觸及他的底線，讓他更加堅定了要擊垮金河谷的想法。

高倩站在原地調整了一下情緒，很快就恢復了過來，「老公，我們上去跟陸大哥他們說一聲吧，別讓他們擔心了。」

林東忽然把高倩擁進懷裏，說道：「倩啊，你是要讓我覺得有多麼的虧欠你啊！」

高倩抱住了他。「我們是夫妻，我既然嫁給了你，我就會選擇相信你，無條件的相信你，相信你不會拋棄我。我不會理會外人說什麼，我只在乎你是不是真心對我。」

林東和高倩乘電梯上了樓，敲開了陸虎成的房門，陸虎成打開門見到是他倆，吃了一驚，「你們還沒回去啊？」

高倩先開口說道：「陸大哥，剛才出了點小狀況，還沒跟你們道別呢，沒打擾你和小嫂子休息吧？」

楚婉君也從房間走了過來，見高倩和林東親昵如初，舒了口氣，說道：「倩倩啊，你不要聽別人亂嚼舌根，我看剛才那男的邪氣得很，一看就不是好人。」

「小嫂子，多謝你的教誨，我明白的。」高倩笑了笑。

陸虎成把林東拉到一邊，低聲道：「兄弟啊，我真是為你捏了一把汗，什麼情況啊這是？我怎麼覺得小高已經不追究了呢？」

林東點了點頭，「你的感覺沒錯，高倩又放了我一馬。」

陸虎成簡直要對林東跪拜了，說道：「兄弟，剛才那姓金的說得沒錯，你對付女人的手段實在是太高了，做哥哥我佩服！」

林東微微一笑，高倩走了過來，說道：「陸大哥，不打擾你們休息了，我們走了啊。你們在這兒人生地不熟的，明天我給你們安排個司機，想去那兒，就讓他帶你們過去。」

「太麻煩了。」陸虎成說道。

林東笑道：「不麻煩的，反正他們家養著一堆閒人。」

二人從陸虎成的房裏出來，回到家已經是深夜了。林母和白楠都還沒睡，見他們回來，二人都上前去問問高倩勞不勞累，體貼關心，無微不至。

第五章

凶性大發的猛獸

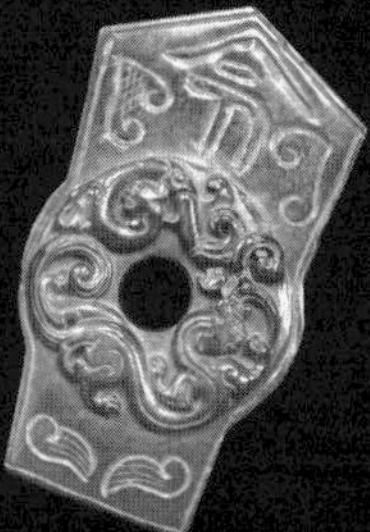

金河谷就像一頭猛獸，一旦激起他的凶性，他會不管不顧地粉碎一切。

把江小媚留在他身邊，林東實在是不放心，

如果有天江小媚也受到金河谷的傷害，他肯定無法逃脫良心的遣責。

第二天一早，林東吃過了早飯就往溪州市趕去了。他接到周雲平的電話，說今天要由市領導去公租房的工地視察。周雲平已經做好了相應的準備，工程的品質是絕對過關的，他根本不擔心這點。

林東直接開車去了工地，到了那裏，公司的相關人員都已經到齊了。工地的入口處擺放了鮮花，還拉起了歡迎市領導視察的橫幅。

「老闆，你可來了。」

周雲平急忙把林東拉到一邊，說道：「據說待會電視台會派人過來跟蹤採訪，你做個準備吧，說不定就會採訪你的。」

林東笑問道：「那你給我準備了發言稿了嗎？」

「沒有。」周雲平搖搖頭。

「你是我的秘書，為什麼不準備？」林東問道。

周雲平撓撓頭，「老闆，你一向都是脫稿的啊，即興發揮才是你的特長嘛。」

林東笑了笑，「那你拉我過來做什麼？」

周雲平一想也是，尷尬的笑了笑，說道：「要不要找些工人到門口來迎接市裏的領導？」

林東擺擺手，「不必了，工人的崗位是在工地上，列隊歡迎這種事情不是他們該做的工作。」

周雲平一看時間，沉聲道：「老闆，他們應該快到了。」

林東走到門口，對公司的職員說了幾句話，「待會領導來了大家都精神點，不要亂說話。」

過了沒幾分鐘，就見幾輛小車朝這邊開了過來。金鼎建設公司的員工一個個緊張了起來，準備迎接市領導的視察。

開在前面的是兩輛小車，胡國權和聶文富從前面兩輛車裏走了下來，後面的是電視台的採訪車，果然沒出林東的所料，帶隊來採訪的還是米雪。

林東走在前面，周雲平和任高凱跟在他身後，一左一右。

「胡市長、聶局長，大駕光臨有失遠迎，失敬失敬啊。」

胡國權握住林東的手。「林總客氣了，聽說公租房的進度進展得不錯，所以我們就過來看看。」

聶文富是個精明的人，一眼就看得出胡國權和林東的關係不一般。自從胡國權分管城市建設這一塊，他沒少跟胡國權在外面奔波。胡國權到哪兒都是板著臉，唯獨到了這裏，破天荒的笑了。

「胡市長，聶局長，請跟我來吧。」

林東把他們帶到了工地上，任高凱拿來膠鞋和安全盔給他們換上。

「老任，你把情況介紹一下給二位領導。」

林東吩咐了一下，然後便走到了後面，來到米雪跟前，說道：「米雪，又是你啊。」

米雪笑道：「怎麼？你不歡迎？」

林東搖搖頭，「不是，而是你一來隊伍就不好帶了，那幫傢伙全跑出來看你，都不幹活了。」

米雪掩嘴一笑，「想不到你也是個油嘴滑舌的人，別在這陪我說笑了，陪領導要緊，快去吧。」

林東點了點頭，快步走到前面。任高凱成天待在工地上，瞭解的情況要比林東清楚，加上他有意想在市領導面前表現，所以發揮的相當不錯，突出了優點，弱化了缺點，從胡國權和聶文富的表情來看，他們對公租房專案的進展還是相當滿意的。聶文富雖然與金河谷是一路人，但見胡國權與林東交情匪淺，知道如何見風使舵，已經開始和林東拉起了關係。

任高凱和胡國權走在最前面，聶文富故意放慢了腳步，和林東走在後面。

「林總啊，做完這邊的工程有什麼打算？」

林東笑道：「當然是繼續做工程了。」

聶文富點了點頭，「你的方向是對的，就拿咱們溪州市來說，開發的程度還不夠嘛，地產業還是大有可為的。為了打造現代化都市，把溪州市做成真正的東方小巴黎，政府每年也在逐漸增加投資，光政府工程這一塊每年就有上百億的投資啊。我希望像你們這樣有實力的本地公司能積極的參與到競爭中來。」

聶文富是在向林東傳遞一個資訊，只要林東願意，他可以從中幫忙。金河谷雖然能給他錢，但給不了他權，做了幾十年的官，沒有什麼比權力更能吸引他的了。胡國權對林東的態度讓他嗅到了味道，心想只要和林東搞好關係，那麼就能和胡國權搭上線，保住目前的地位是肯定沒問題的，說不定還能有機會往上面動一動。

「聶局長，謝謝你的鼓勵，我們公司一定會努力爭取。」

林東當然知道聶文富的想法，但他並不想走聶文富的後門，有胡國權在聶文富的上面壓著，這傢伙做事肯定要多三分顧忌，只要他的公司實力夠強，那麼拿到工程並不是很難。

胡國權與工人們進行了詳細的交流，所有工人都在誇林東的好，說這裏工資高、伙食好，據說還有獎金發。沒聽到一點說林東不好的聲音，這倒讓胡國權有點懷疑了，心想林東是不是給了錢讓他們說好話的？上任以來去過不少工地，聽到了不少工人的聲音，還沒有一次像今天這樣整齊的，居然連一句抱怨的話都沒有。

視察快結束的時候，米雪拿著話筒對胡國權和聶文富進行了一番採訪。二人對公租房的進展感到相當的滿意，聶文富更是直言不諱的把金鼎建設誇上了天。最後，米雪要對林東進行採訪，而林東卻把機會讓給了任高凱，完成任高凱上電視的心願。

中午的時候，胡國權和聶文富都去了食堂，看了看工人的伙食。工地食堂每天中午都是四個菜，兩葷兩素，米飯任意添加，比一般的工地每天一個菜好很多。胡國權執意要在食堂裏與工人們共進午餐，聶文富也只好陪著。

趁吃飯的時間，胡國權又和工人們進行了一次深入的交流，這一次，他從工人們的眼裏看到了喜悅，看到了幸福。眼神裏流露出來的情感是沒法裝出來的，胡國權這才相信林東治理公司的確是有一套，心想林東如果是古時帶兵打仗的將軍，那麼也一定是個名將。

聶文富只吃了一點點，工地上的這些飯菜他如何也咽不下去。胡國權在吃過飯之後就提出要走了，聶文富如蒙大赦。林東率領金鼎建設公司在工地上的員工送胡國權到門外，揮手作別。

「老闆，今天幹嗎你不接受美女主持人的採訪？」

任高凱大感納悶，這種出名的機會林東為何棄而不要？

林東朝旁邊的周雲平看了一眼，「因為我沒有稿子。」

周雲平呵呵笑了笑。

任高凱語重心長的說道：「周秘書啊，這就是你的不對了，知道領導要接受採訪，怎麼就不能準備一篇稿子呢？」

周雲平沒理任高凱，朝林東說道：「老闆，可不帶這樣挑撥離間的啊！」

林東回頭笑了笑，「小周，很久沒回公司了，我過去看看。」

周雲平快步趕了上來，「一同回去吧。」

周雲平買了車，和林東先後進了車，往金鼎大廈去了。

到了公司，許多員工見林東出現在大廈裏，紛紛和他打招呼。

「小周，大廈的利用率有多高？」電梯裏，林東問道。

周雲平道：「利用率不到百分之五十，尤其是上次離職風波之後，空下來許多辦公室。」

林東說道：「儘量把同一部門的往一間辦公室集中，空下來的辦公室我留著有用。」

「知道了，我儘快去做。」周雲平道。

公司有周雲平替他坐鎮，在林東布下的大政方針之下，周雲平將各項事務處理得都很不錯。回到了公司，林東也沒有什麼公務需要處理，聽取了周雲平的彙報之後，林東就離開了辦公室，許久未與員工進行溝通交流了，恐怕有些新來的員工都不認識他了。

林東始終堅信在所有相關的要素之中，人應該是最核心最關鍵的，公司要想蒸蒸日上，人發揮的作用應該是最大的。對於人才，林東始終保持一種求賢若渴的心態。雖然他做地產公司還不到一年，但在人才這方面的投入卻是最多的。

自從上次金河谷開高價挖走了不少金鼎建設公司的員工之後，林東便展開了他的人才儲備計畫，首先加強對公司中層以上員工的瞭解，將一些可用之才調到重要的崗位之上，其次就是花大價錢請獵頭公司為他挖掘業內的精英。

通過這兩項舉措，金鼎建設公司不僅沒有因為那次離職風波而造成人才的流失，反而在公司內部形成了非常好的競爭風氣，所有人都知道在這個公司最重要的是做事的能力。那些自知能力不足只會溜鬚拍馬的，也基本上主動辭去了職務，而那些有能力的員工因為得到了新老闆的重用，自然對林東充滿了感激，在工作中更加賣力，也成為了效忠於林東的親信。

夏日的午後，老闆的來到，彷彿林東是帶著清涼之風似的，走到哪一個部門。哪一個部門的員工就興奮了起來，圍繞著不常見的老闆說個不停。整整半天的時間，林東就在走訪各部門中不知不覺的度過了。

他將自己的婚訊散發了出去，邀請所有員工參加他的婚禮，但卻明確表示不收彩禮錢，只要他們人去。

林東最後才來到銷售部，林菲菲正好在辦公室。見他進來，先是一愣，隨即笑了笑。

「林總，聽說你要結婚了？」

林東訝聲道：「我好像還沒通知你們部門吧？」

林菲菲指了指電腦，「公司的交流群裏已經傳開了，大家興奮得都沒心情工作了，整個公司上下還有誰不知道？」

林東道：「原來如此，群號是多少，你告訴我，我也加進去。」

「這可不行！」林菲菲果斷的拒絕了林東，說道：「雖然你是老闆，但我也不能向你妥協，否則讓你加進來，群裏以後就沒人敢說話了。為了保障大家的言論自由，我絕不會把群號告訴你的。」

林東哈哈一笑，「我明白了，群裏肯定不少人說我壞話了，是不是？」

「我們這是民間組織的自由交流群，誰說什麼，任何人都管不著。」林菲菲仰著臉，甩了甩頭髮，模樣十分的俏皮可愛。

林東轉移了話題，問道：「你們銷售部有什麼困難嗎？」

林菲菲早有準備，便將自己事先記下的在工作開展過程中遇到的困難拿了出來，厚厚的筆記上已寫滿了密密麻麻的字，交到林東手裏，「林總，困難全在這裏了。」

林東嚇了一跳，「不會吧？那麼多困難？你確信你不是把你的日記本給我了？」

林菲菲含笑搖了搖頭，「你拿回去看吧，有些問題是我自身的問題，有些問題是公司的問題。」

林東點了點頭，「那我不打擾你工作了，加油菲菲！」

林菲菲將他送出門，過了好一會兒，才猛然想起那本子裏有幾頁寫的是自己的心情隨筆，想到那些文字，頓時便俏臉發燙，臉紅得像熟透了的蘋果似的，「丟死人了，讓他看到了我可怎麼做人啊！」

她第一個反應就是立馬去找林東把筆記本要回來，但還未走到門口，她就頓住了腳步，轉身在辦公室裏徘徊起來。

「算了，這或許是天意吧。他已經要結婚了，我還有什麼好期盼的。我林菲菲二十幾歲了，從未喜歡過一個男人，難道終於喜歡上了一個，還不讓對方知道嗎？應該要他知道，曾經有個女人為他失眠、為他買醉、為他瘋狂過，如此這般，也算對我這段暗戀有個交代了。」

林菲菲狂跳的心漸漸冷靜了下來，沖了杯咖啡，站在窗前眺望遠處的一片虛無縹緲的雲彩，眼看著那片雲彩被風吹淡，直至化作虛無。

林東拿著林菲菲的筆記本回到了辦公室，隨手放進了公事包裏，已經到了下班時間，他要趕回去陪高倩，林菲菲本子上所記的內容他打算拿回去晚上再看。對於員工提出來的意見，他一向視作珍寶。他再厲害也只是一個人，沒辦法親自到第一線感受各個崗位，而在一線工作的員工提出來的意見，顯然都是根據實際情況提出來的，裏面有不少都是很有價值的。

林東到車庫裏取了車，車子駛離公司不遠，手機就響了，一看號碼，是江小媚打來的。

靠邊停好了車，林東接通了電話，笑問道：「小媚，有事嗎？」

江小媚語速極快，略帶些緊張，「林總，你在哪兒？」

林東聽出了江小媚的語氣似乎不對勁，忙說道：「我就在溪州市，剛出公司不久。」

「關曉柔出事了！」江小媚帶著哭腔說道。

林東吃了一驚，關曉柔是江小媚安插在金河谷身旁的眼線，如果她出事了，那是不是意味著金河谷已經知道江小媚是林東派過去臥底的呢？

「小媚，你在哪兒？」

江小媚道：「我在家。」

「我去找你。」

江小媚道：「你別過來，我們還是找個地方見面吧。」

「那你說什麼地方？」林東急問道。

江小媚道：「林總，請你稍等。」

江小媚掛斷了電話，便給一家五星級酒店打了電話，訂了一間房，然後她就離開家火速趕了過去。到了酒店，登記入住，進了房間之後才給林東發了一條簡訊，告訴他酒店的名字及房間號。

林東仔細一想，覺得江小媚此刻謹慎行事是對的，便開車去了那家酒店。不到半個小時，林東就已經出現在了那家酒店的電梯裏，電梯在十二樓停了下來，林東走出電梯，按著房間號找到了江小媚開的那間房。

按了一下門鈴，江小媚從貓眼裏看了一下，確定是林東，便開門讓他走了進來。

「小媚，到底怎麼回事？」

江小媚慌張的把門關上，轉過身就撲進了林東的懷裏，嗚咽著說道：「林東，曉柔被金河谷打得好慘啊。」

現在江小媚的情緒很不穩定，林東也不能推開她，但也不能任由她這麼抱著，孤男寡女共處一室，這本來傳出去就容易讓人誤解，更別說做出這麼親密的舉動了。

「小媚，你坐下慢慢說。」林東倒退著讓她走到椅子旁，拉開了江小媚的手，把她按在了椅子上。

江小媚抹了一會兒眼淚，在林東的安慰下好不容易才平靜下來，將事情的前因後果仔細說了一遍給林東聽。

原來，金河谷在發覺關曉柔對他的抗拒之後，就產生了懷疑，於是就找私家偵探調查關曉柔，拍到了關曉柔與成思危幽會的照片。不過因為關曉柔做得隱蔽，只讓私家偵探拍到了二人的背影。金河谷被戴了綠帽子，看到照片之後雷霆震怒，衝進關曉柔的家裏，痛下狠手，把關曉柔一頓痛打，打得關曉柔遍體鱗傷，仍是餘怒未消，又將關曉柔趕出了他的宅子。

金河谷走後，關曉柔就打了電話給江小媚，哭著向江小媚訴說自己的痛苦。江小媚為她打了急救電話，然後趕到醫院，看到關曉柔的慘狀之後，江小媚簡直不忍入目。這麼一個美麗的女孩，金河谷居然狠心將她打成那樣，簡直就沒把人當人看待。

從醫院出來，江小媚險些崩潰，在大哭了一場之後就打電話給了林東，希望可以從林東那裏得到安慰。

聽完江小媚的訴說，林東歎了口氣，說道：「小媚，回來吧，行動終止了。」

金河谷就像一頭猛獸，一旦激起了他的凶性，他可以不管不顧，粉碎他可以粉碎的一切。把江小媚留在他身邊，林東實在是不放心，如果有一天江小媚也受到了金河谷的傷害，他自問肯定無法逃脫良心的譴責。

「不！」

江小媚抬起淚痕未乾的臉，搖了搖頭，表情十分堅定。

「林總，難道你看不出來嗎？我們的勝利即將到來了。金河谷最近就像一隻困在牢籠裏的獅子，雖然兇狠，但已經是強弩之末了。我相信我在金氏地產的時間應該不會太久了。關曉柔把我當做姐姐，我留下來不單是為了你，也是為了替我的好姐妹報仇！」

「不行，太危險了！」

林東說道：「小媚，不怕告訴你，我至今還未想出打垮金河谷的法子。他愈發的囂張，是因為知道我沒有贏他的辦法。」

林東說的是實話，本以為抓住萬源就可以讓金河谷栽個跟頭，卻沒想到根本沒能給金河谷帶去絲毫的傷害，至今他仍是逍遙法外。

「我有個想法。」江小媚道，「不知道能不能用來對付金河谷。」

林東點了點頭，面帶微笑，鼓勵她開口，「小媚，你說來聽聽。」

江小媚略微整理了一下自己的思路，緩緩開口說道：

「其實這個想法我產生也沒太久，曉柔受傷之後，在病房裏把她交往的那個男人的身分告訴了我，原來那個男的就是省公安廳副廳長祖相庭的秘書。林總，你還記不記得我跟你說過金河谷找祖相庭為萬源辦假身分證的事情？」

林東略一思忖，便明白了江小媚的想法，問道：

「小媚，你是想通過這件事情策反祖相庭的秘書，讓他揭發祖相庭的罪行，只要扳倒了祖相庭，金河谷失去了靠山，自然就不難對付了。」

江小媚拍手叫好，說道：「我正是這個意思，你真是一點就通。」

「有個問題，那個男的是否願意為了一個女人而放棄自己的大好前程？」林東說出了自己的擔心。

江小媚道：「你說的沒錯，這個人我並沒有見過，至於他和曉柔之間的感情，我一直只聽曉柔說的有多麼好，而對於這個男人，我心裏一點底都沒有。」

「安排我和關曉柔見面吧。」

林東覺得這是一次大好的機會，決定鋌而走險。成思危是否對關曉柔真心，他只要見到了成思危，自然可以通過瞳孔深處的藍芒試探出來。

江小媚吃了一驚，說道：「林總，曉柔她一直不知道我是你安排在金氏地產的臥底，你如果要見她，那麼我的臥底身分也就暴露了。」

林東說道：「我本來也沒打算讓你繼續在金河谷身邊做臥底，太危險了。如果關曉柔願意配合，那麼咱們就把握好這次機會，如果她不願意，我們也有的是時間跟金河谷鬥。」

江小媚沉默了許久，緩緩開口，說道：「林總，我聽你的。我來安排你和關曉柔見面。只是我未能完成你交代我的任務，心裏實在慚愧得很。」

林東笑了笑，「你為我做的已經很多了。你看，關曉柔不就是你拉過來的嘛。如果不是她，我們怎麼能知道金河谷那麼多的事？」

在林東細心的寬慰之下，江小媚心裏終於覺得舒服了些。這一天來變化突然，令她疲憊不堪，心裏的重負拋去之後，更是覺得無邊的睏意湧來。

她看了下手錶，已經是將近晚上十點了，想到二人都還沒吃晚飯，便說道：「林總，你應該也餓了吧？我打電話叫餐過來。」說完，江小媚就給酒店客服打了電話，要了幾個菜。

十幾分鐘之後，酒店的服務員就推著餐車來到了門前，按響了門鈴。江小媚開門將他帶了進來。服務員把菜端上了桌，說了一句「慢用」就躬身退了出去。

「也不知道合不合你的口味，我隨意叫的，林總，過來吃吧。」江小媚把林東叫了過來，給他遞了筷子。兩人圍著飯桌坐了下來。

吃過了晚飯，已經十一點了，林東趕緊起身告辭，「小媚，不早了，你也趕緊回家休息吧。」

江小媚咬了咬嘴唇，「林總，今晚我就住這兒了。」

林東沒聽出江小媚話裏的意思，笑道：「那也好，五星級的酒店，住著也舒服，我走了啊。」

林東朝門口走去，江小媚追了過來，林東拉開門，她在後面叫住了他。

「林總……」

林東一隻腳已經出了門，回頭笑道：「怎麼了？」

江小媚沒有開口言語，但她的眼睛會說話，目光之中充滿了熱情與留戀。林東不是傻子，他知道只要他願意，他今晚就可以和江小媚在這間房裏寬大鬆軟的大床上激烈的肉搏。

「小媚，還有什麼事嗎？」

江小媚搖搖頭，她已明白了林東的意思，笑道：「路上開車小心，關曉柔那邊安排好了，我給你打電話。」

林東含笑點頭，關上了門，一刻不停的朝電梯走去。

林東開車回到楓樹灣，已經將近凌晨一點，回到屋裏，高倩已經睡了。她聽到了動靜，打開床頭燈，睜開眼看到了林東，睡眼惺忪的問道：「怎麼那麼晚才回來？」

林東道：「公司有點事情，從溪州市趕回來的。」

從溪州市到蘇城要兩個小時，夜裏車少也得要一個半小時。

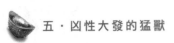

高倩道：「那麼晚了，你幹嘛不在那邊的別墅裏睡一晚？還回來幹嗎？」

林東上前俯身親了一下高倩，說道：「因為有你在這兒嘛，倩，在你懷孕期間，我要多陪陪你的。」

高倩心裏一陣感動，「快洗澡去吧，趕緊睡。」

林東進浴室洗漱完畢，出來時高倩還沒睡，上床抱住了她，很快二人就進了夢鄉。

第二天一早，高倩故意在床上多躺了兩個小時，這樣就不會驚動身邊的林東。等到林東睜開眼，已經是上午九點多了。

「哎呀，你怎麼不把我叫醒？」

高倩心疼林東晚睡，故意多給他休息的時間，笑道：「昨晚那麼晚才睡，讓你多睡會兒啊，睡眠好，精力充沛了，工作才能做好。」

林東在她鼻子上捏了一把，「我得去上班去了。」

林東在家裏吃了早餐，然後就開車去了溪州市，來到辦公室，周雲平就跟了進來。

「林總，蘇城那邊有塊地要拍，你看我們要不要參加競標？」

「什麼地段？」林東問道。

周雲平把事先準備的地圖在林東的辦公桌上鋪開，指著一處他用紅筆劃了個圓圈的地方，說道：「就是這兒，在工業園區的東南面，位置不算太好，但也不算偏。我覺得這塊地很不錯，可以參與競拍。」

「理由呢？」林東問道。

周雲平道：「根據我蒐集的資料來看，工業園區每年新增的公司有三百多家，現存的辦公大樓供應量根本無法滿足這些增長的需要。而且工業園區已逐漸成為帶動蘇城經濟發展的龍頭，我們此時進駐工業園區，地價在未來十年之內肯定都會有增長。」

周雲平所言與林東所想的差不了多少，他唯一擔心的就是公司的資金問題。接手地產公司的第一年，林東的步子邁得可說已算是大的了，先是賠償北郊樓盤業主的損失，重開北郊樓盤未完的工程。後來又競標公租房專案。在這兩個工程上公司墊了不少錢，金鼎建設公司現在可周轉的資金並不是很多。

「競標的底價是多少？」

周雲平答道：「七點九億。」

林東倒吸了一口涼氣，對他而言，這絕對是一筆大數目了。

「小周啊，公司現在可流動的資金估計連那零頭九千萬都拿不出來。咱們這是妄圖蛇吞象啊。」林東感慨道。

周雲平道：「那有什麼，辦法是人想出來的嘛，咱們可以通過再融資來募集資金。公司今年的業績是有目共睹的，我想再融資應該不是太難。」

林東以讚賞的目光看著周雲平，說道：「你這傢伙果然沒讓我失望。以後我可以放心的把公司交給你管了。」

周雲平臉一紅，說道：「林總，我只是紙上談兵厲害，實際操作起來的困難可比想像中大得多。」

「困難大不怕，只要肯做、會做，總有解決困難的辦法。」林東道，「你這段時間抓緊籌備一下董事會，這事咱們得跟股東們商量商量。」

周雲平點點頭，「林總，那我出去忙了。」

周雲平走後，林東又陷入了沉思之中，眼看地產公司和投資公司都上了軌道，而自己的下一個目標會是什麼呢？

江小媚的電話把他從沉思中驚醒，林東拿起電話，說道：「小媚，安排好了嗎？」

「林總，今晚十點，還是到昨晚那個房間，到時候你會見到你想見的人。」

江小媚說完就掛斷了電話。

林東對著手機笑了笑，「怎麼又是那麼晚？」

他知道回去得晚，高倩一定會等他，連累高倩熬夜，對她腹中的孩子不好。林東想了想，決定今晚不回去了，就給高倩打了個電話。

「倩，晚上我有應酬，估計要到很晚，今晚就不回去了，你早點休息。」

高倩囑咐他少喝酒，不要一個人參加應酬，要他帶上秘書周雲平，這樣也好互相有個照應。

下班之後，林東打電話約了陶大偉出來，二人找了家飯店吃了頓飯，聽了陶大偉倒了一肚子的苦水。

「大偉，你是公安系統內的人，對祖相庭你瞭解多少？」林東忽然問道。

陶大偉道：「你怎麼問起了他？這人本事還可以，背後有大靠山，否則他這輩子估計都只能在派出所混。」

「你知道他的靠山是誰嗎？」

陶大偉搖搖頭，「這是他們上面的事，那人以前是從蘇城起步的，我估計靠山應該在蘇城。」

「就是金家！」林東道。

陶大偉眉頭一皺，半晌說道：「難怪老馬這次下了死令不讓我碰那件案子，原來是祖相庭從中作梗。這麼一想也就不奇怪了，官大一級壓死人，何況祖相庭比老馬大得還不止一級。」

「我想把祖相庭扳倒！」林東沉聲說道。

陶大偉嘴裏的酒差點沒噴出來，萬分驚訝的說道：「林東，祖相庭那可是廳官，是那麼容易扳倒的嗎？」

「本來他做什麼都與我無關，可這傢伙偏偏護著金河谷，這就怪不得我要對他下手了。辦法是有，但能不能成功我還不確定。大偉，你那邊繼續搜尋線索，咱們雙管齊下，我就不信拿不下金河谷！」

陶大偉看得出林東目光之中迸發出的殺意，問道：「金河谷又得罪你了吧？」

的確，上次在萬豪大酒店，金河谷當著高倩的面使出那麼陰險歹毒的詭計，想要離間他們夫妻之間的感情，已使林東心中對他的仇恨加深到了無以復加的地步。

和陶大偉慢悠悠吃了晚飯，聊了許多，九點半的時候才離開了飯店，林東開車直接去了江小媚入住的酒店。到了那裏，正好十點。他按響了門鈴，過了一會兒，江小媚才給他開了門。

「林總，曉柔的情緒還不穩定，你不要強求她。」江小媚低聲說道。

林東走了進去，在客廳裏沒見到關曉柔，江小媚指著一間房，「在房裏呢。」

林東在客廳裏的沙發上坐了下來，「小媚，我在這裏等她。」

江小媚進了房間，過了幾分鐘，才見她扶著關曉柔走了出來。

關曉柔的頭上裹著紗布，暴露在外面的手臂上佈滿了傷痕，見了林東似乎有些畏懼，一直不敢正眼看他。

林東站了起來，笑著說道：「關秘書，我們也算是熟人了，並不陌生。坐下吧。」

關曉柔沒說話，在他對面坐了下來。江小媚坐在她的身邊。林東注意到，關曉柔的一隻手一直握著江小媚的右手，而且是非常用力的握，看來她很緊張。

「關秘書，今後有什麼打算？」林東笑著問道。

關曉柔沉默了許久，只是搖了搖頭，一句話也沒說。至於今後的打算，她現在毫無計畫，本以為能夠脫離金河谷的掌控，然後就與成思危生活在一起。但沒想到金河谷居然找人跟蹤調查她。一夜夢斷，她現在心裏亂極了。

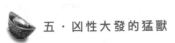

江小媚適時開口說道：「曉柔，林總來的目的是想要幫助你的。把你最真實的想法和困難告訴他，他會有辦法的。」

關曉柔直搖頭，眼淚吧嗒吧嗒往下掉。她跟了金河谷那麼久，不可能不知道金家的實力有多麼強大。在她看來，林東這個崛起於草根階層的還不足以抗衡強大的金氏家族，之所以同意與林東見面，其實是不忍心拒絕江小媚。

林東知道關曉柔內心的想法，笑了笑說道：「小媚，你不用勸她。關秘書是不信任我，不認為我有能力幫助她擺脫金河谷的控制。」

關曉柔被他說中了心中所想，不禁抬起頭看了看他，眼中閃過一絲詫異之色。

「我說錯了嗎？」林東迎上她的目光，含笑問道。

「沒……」

關曉柔略顯慌張的搖了搖頭，避開了林東的目光。

江小媚在關曉柔的肩膀上拍了拍，「曉柔，林總的能力其實你該清楚的，金河谷你很瞭解的吧，他堂堂一個金家大少爺，生來就含著金湯匙，那又怎麼樣了？還不是三番五次的敗在林總的手上。」

自從和成思危展開戀情之後，她就對金河谷絕了情，回想往昔種種，心中只有悔恨與懊惱。關曉柔有些心動了，以她自身的能力，那是無論如何也鬥不過金河谷的，只有借用外力才有可能徹底脫離金河谷對她的掌控。林東可說是她最佳的選擇，跟了金河谷這麼久，除了林東之外，金河谷在商場上幾乎是戰無不勝，由此足可證明林東的實力有多強。

「林總，不好意思，我剛才有些失禮了。」

想通了其中關節，關曉柔就開始以另一種眼光看待林東，在她眼裏，林東已成為她唯一可能的救星。

看到關曉柔態度的改變，林東就知道關曉柔已在心底認定他就是能給她幫助的人，笑道：「關秘書，其實我和小媚已經想好了對付金河谷的方法，只不過需要你們的配合。」

「什麼法子？」關曉柔急忙問道。

林東朝江小媚看了一眼，示意讓她說話。

江小媚開口說道：「曉柔，計畫的關鍵就在於你的男朋友，如果他不同意，那這個計畫就泡湯了。」

「怎麼還扯上了他？」關曉柔訝聲問道。

江小媚道：「你且聽我說完，本來林總這次已經有機會扳倒金河谷了，就是因為有祖相庭的幫助，他才能免於一難，所以我跟林總合計之後，決定先剪除金河谷背後的這個保護傘，扳倒祖相庭！」

關曉柔自然知道祖相庭是誰，正是她的男友成思危的老闆，高高在上的副廳級幹部。在她看來，祖相庭這麼大的一個官，怎麼可能是輕易扳倒的，而她的男友只是個小秘書而已，如何能扳得倒人家堂堂副廳長。

「曉柔，你的男朋友跟了祖相庭那麼久，祖相庭不為人知的事情他肯定知道得不少，就像你是金河谷的秘書，金河谷的許多事其他人不知道，難道你也不知道嗎？只要你的男友願意配合我們，把祖相庭的罪證給我們，咱們只要把罪證公諸於世，就算扳不倒祖相庭，也能讓他摔一跤，恐怕也無法在副廳長的位置上坐下去了。到時候金河谷頭上罩著他的那頂傘沒了，收拾他就容易多了。」

關曉柔腦子裏有點亂，一來她對這個方法是否可行感到懷疑，二來對成思危願不願意幫她也不確定。

江小媚看了林東一眼，以眼神告訴林東，行與不行就看關曉柔自己的決定了。

過了許久，關曉柔終於開了口，看著林東，「把握大嗎？」

林東一點頭，他有把握拿下祖相庭，只要罪證確鑿，大不了再請蕭蓉蓉的舅舅紀昀出面，公安部的部長只要肯發話，那祖相庭就是如來掌中的孫猴子了，任他折騰也逃不脫如來的五指山。

內心苦苦掙扎之後，關曉柔還是決定要抓住這次機會，不管成功與否，她選擇相信林東，眼下就只剩下一個問題了，成思危是否願意為了她而放棄大好的前途？

「曉柔，你在想什麼？」江小媚問道。

關曉柔道：「小媚姐，我沒什麼問題，願意配合你們，但不知道思危他是否願意。」

林東一針見血的說道：「關秘書，你是在想他願不願意為了你們的愛情，放棄大好的前途吧？」

「你怎麼知道？」關曉柔抬頭看著林東，發現林東帶笑的眼睛似乎有一種看透人心的神奇力量。

「那麼就是被我說中了。」林東呵呵一笑。

江小媚道：「曉柔，你不用多考慮，其實這也是一次試探成思危對你是否真心的機會，如果他不願意幫助你，我看你還是趁早離開這個男人的好。」

關曉柔覺得江小媚的話很有道理，點了點頭，說道：「小媚姐，我現在不求有一個多麼有錢多麼有能力的男人，只求一個真心實意對我好的男人。如果成思危連這點付出都不願意，我還能指望他什麼？」

江小媚有感於方才關曉柔的一番話，或許受過傷的女人才能明白最需要的是什麼。金錢？權力？這一切或許可以滿足一時的虛榮，但卻難以成為一世的榮耀。

「關秘書，從現在起我們就是盟友了，大家都為了一個目的而奮鬥，那就是扳倒金河谷。當然，你的男友在此次計畫中付出是最多的，我會給他相應的補償，只要他接受我們的計畫，你和他將會得到一筆錢，我會給你們五百萬，你可以和他離開這裏，我相信這筆錢也夠你們在二三線城市生活的了。」林東替關曉柔和成思危解決了後顧之憂。

關曉柔聽了這話，不禁眼淚都流了下來，心裏充滿了感動。

時間不早，林東起身告辭，說道：「儘快聯繫成思危，如果他願意，我會跟他見個面。」

說完，林東就離開了酒店。

第六章

男人難以忍受的事

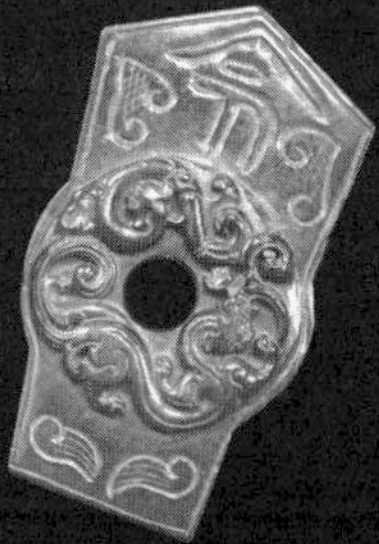

成思危早已對那個霸佔自己心愛女人的男人懷恨在心，
如今更因為關曉柔與他幽會而遭到金河谷的毒打而怒火攻心。
只是成思危再也不是可以什麼都不管不顧的少年了，知道做事情需要講究策略。
對於金河谷，他真的很希望提著一把菜刀把他大卸八塊，
但是也知道金河谷遠非常人，只怕還沒近他的身，自己已經完了。

關曉柔被金河谷毒打的事情，成思危還不知道，關曉柔此刻正猶豫著是否要告訴成思危。

「你該讓他知道，這時候你身邊需要一個男人為你分擔。」江小媚道。

關曉柔拿起電話，撥通了爛熟於心的號碼，很快電話裏就傳來了成思危的笑聲。

「曉柔，明天就週五了，我又可以去看你了。」

關曉柔忍不住捂著嘴巴哭了出來，成思危在電話裏聽到她的嗚咽聲，頓時慌亂無措，急問道：「曉柔，怎麼了，發生什麼事了？」

「沒什麼，只是想你了，思危。」

成思危歎了口氣，「你嚇死我了，親愛的，明天下午一下班我就坐車過去，我也想你想得不行。」

「嗯，那見面再說吧。」

關曉柔掛掉了電話，終究還是沒有勇氣在電話裏把自己現在的慘狀告訴成思危。江小媚明白她的心理，也沒說什麼，把關曉柔擁入懷中好好安慰了一番。兩個女人，彼此訴說著心事，到最後全都哭得稀哩嘩啦。

第二天上午，陶大偉突然給林東打來了電話。

「兄弟，我恐怕沒法再幫你了。」

林東心裏一驚，忙問道：「大偉，你別嚇我，說清楚些。」

陶大偉歎道：「萬源的案子今早結案了。」

「夜長夢多，儘早結案也在我的預料之中。大偉，那這件事你就別管了，讓我自己來吧。我和金河谷不死不休，萬源的案子結了，我和他的賬還要繼續算。」林東說道。

「抱歉了，兄弟。」陶大偉歎息著掛斷了電話。

林東剛把電話放下沒多久，電話再次響了起來，一看號碼就知道是江小媚打來的。

「林總，成思危今晚就過來。我已將隔壁的那間房訂了下來，今晚我們就在那裏和他會面。」

林東道：「行，我們得儘快行動了，我剛得到消息，萬源的案子已經結案了，我想金河谷應該會有所鬆懈，這段時間是咱們扳倒他和祖相庭的好機會，計畫宜儘快實施。」

「好的，今晚你先過來，在隔壁房間等著。曉柔說由她先和成思危說明情況，如果成思危願意配合，到時我再帶他去隔壁見你，如果他不願意，你也就沒有與他見面的必要了。」江小媚已經做好了安排。

林東點了點頭，「就按你說的這麼做吧。」

掛斷了電話，林東放下了手中的筆，起身走到窗前，看著對面的金氏地產四個大字，感覺到他與金河谷的較量就快分出高下了。

「不是你死，就是我亡！」

中午，馮士元又鬼魂一般的出現在了林東的面前，消失了一個多月，林東再次見到馮士元，他的鬍子都快趕得上馬克思了。

「馮哥，你又去南邊了？」

馮士元點了點頭。「媽的，差點喪命，帶去的幾個人全散了。沒辦法，只好滾回來了。」

林東一看時間已經到了吃飯時間，就笑道：「走，咱哥倆許久未見，邊吃邊聊吧。」

「好啊。」馮士元齜牙一笑。

林東開車帶著他去了食為天，集團董事長駕臨，食為天的總經理親自迎接。林東要了一間包廂，然後就把食為天的總經理給打發了。

馮士元靠在椅子上，他看上去明顯瘦了很多，林東猜想恐怕上次出行又吃了不少苦頭。

馮士元忽然說道。

「我不幹了。」

「什麼不幹了？」林東不知他的所指。

馮士元道：「元和，我辭了。」

林東一愣，「你不幹了，那現在誰接任？」

馮士元道：「便宜了老姚那傢伙。」

「姚萬成？」林東歎道：「完了，元和的蘇城營業部這算是完了。」姚萬成有多大能力林東是清楚的，最重要的是姚萬成僅剩的那點能力也不會用在怎麼樣搞好公司上面，恐怕以後蘇城營業部就會變成小人的天堂。

馮士元笑道：「以後的事情我管不著，本來我就不願意接手的，我這人本來就不適合做領導。」

菜上來之後。林東開了一瓶茅台，給馮士元滿上一杯。

「為我重獲自由乾杯！」馮士元舉杯說道，二兩酒一口悶了下去。

林東知道他心裏必然有些難過，畢竟元和是他工作了十幾年的地方，「馮哥啊，我只在元和幹了半年。離開的時候都有些不忍，像你這樣骨灰級的老員工，離職的時候又是什麼心情呢？」

馮士元含笑說道：「元和正如我一樣，我入職之時，元和還只是一家只有三家營業部的小券商，那時候我也只有兩三套房子，但我年輕。我眼見著元和逐漸壯大，眼見著自己的錢包越來越鼓。近幾年，我又眼見著公司衰落，眼見著自己老去。正所謂看它樓起，看它樓塌，我心裏也是說不出的滋味，但我可以告訴你，這滋味並不好受。」

林東沉默了一會兒，他能體會馮士元的心情，為馮士元再斟滿一杯酒，忽然看到了馮士元脖子上掛的骨頭項鏈，只覺得有幾分眼熟。

「馮哥啊，你這項鏈很特別啊，在哪兒買的？」

馮士元低頭看了看自己脖上的項鏈，只是在麻繩上面串了個磨成號角形狀的骨頭，很普通的東西，絕不會引起旁人的注意，而他知道這條項鏈並不尋常。

「還記得我跟你說過的摩羅族嗎？」

林東點點頭，「就是你上上次去南疆救你的那個部落，我記得。」

馮士元點點頭，他把項鏈從脖子上拿了下來，遞給了林東，「仔細瞧瞧。」

林東拿在手裏細細打量了一番，骨頭上那些他不認識的奇異符號引起了他的關注。

「上面刻的都是什麼？」

馮士元搖搖頭，「那是摩羅族的文字，你問我我也不認識。佩戴這種骨頭號角項鏈是摩羅族的習俗，部落的每個人從一出生就有，男的是號角形的骨頭，女的則是月牙形的骨頭。據說是代表著烏拉神對他們的恩賜，帶上那項鏈可保平安。」

林東怔怔的看著手中的骨鏈，「這鏈子我好像在哪兒見過。」

「不會吧？」馮士元神色訝然，「這東西是摩羅族獨一無二的，你怎麼可能見過？」

林東腦中靈光一閃，猛然想了起來，他想起來了，是在扎伊脖子上看到的，幾乎和手中的這條骨鏈一模一樣，同樣是黑乎乎的麻繩，同樣是小拇指大小的號角形骨頭。

「難道那野人是摩羅族的人？」

林東在心中大膽的推測。

「喂，老弟，發什麼愣啊？」

馮士元的聲音把林東拉回了現實中。

「馮哥，我看這號角有些奇怪，上面有不少小孔，這是做什麼的？」林東問道。

馮士元拿過骨鏈，把號角的一頭放在嘴裏，運氣一吹，號角就響了起來。

「明白了吧，這的確就是個號角，只不過是小號的。摩羅族男子在捕獵的時候，就是用這個交流的。除此之外，這也是召集同族人的一種方法。比如族長想要開會，拿著吹幾下族人就都來了。嘿，也不知道摩羅族那些人的耳朵是怎麼長的，這玩意也吹不出多大的聲音，可他們就是能聽見。」

「摩羅族成年男子的體型一般是怎樣的？馮哥，麻煩你描述一下。」林東心想，如果扎伊真是如他所猜測的那樣是摩羅族的，或許馮士元的這個骨鏈可以幫得上忙。

馮士元沉吟了一會兒，慢慢的說道：「摩羅族人的身高都不高，族裏超過一米六五的沒有幾個，一般都在一米六左右。身軀小，但是四肢發達，手長腿長，也因為如此，他們才能在叢林裏奔跑如飛，才能在密林中如猿猴那樣借用樹枝、藤蔓之類的東西擺蕩騰空。」

林東將上次呂冰畫的扎伊的畫像從錢包裏摸了出來，攤開來放在馮士元的面前，「馮哥，你瞧瞧這個人，他像摩羅族的嗎？」

呂冰畫功了得，一張素描畫得極為傳神，見了紙上的人像，馮士元眉頭一皺，眼睛微微瞇了起來，半晌才從驚駭中回過神來，「老弟啊，這畫像上的人你是在哪兒見到的啊？」

「我幾次差點喪命在他手中。」林東感歎道。

馮士元身子一震，「你是怎麼得罪他的？」

林東將事情的前因後果說了出來。

馮士元皺著眉道：「據我對摩羅族的瞭解，部落的族人一般是不會離開自己的家園的。但從你給我的這張素描像上看，這人的體型的確很像摩羅族的青壯年男子。」

「我就是在他的脖子上看到和你脖子上一模一樣的骨鏈，所以才想到讓你確認一下。」林東繼續說道。「馮哥，你說這骨鏈可以召喚摩羅族的同伴，你可否把這骨鏈借給我用些日子？」

「你是要用骨鏈吸引你說的那個野人？」馮士元一臉詫異的看著林東。

「嗯。」林東點了點頭。

馮士元沉默著搖了搖頭，過一會兒才說道：「不可以，你不能那麼做！」

「為什麼不能？」林東反問道。

馮士元寸步不讓，「摩羅族人對我有恩，救過我的命。而且部落裏的民眾與世無爭，民風質樸純真，你讓我怎麼忍心加害他們的族人？」

林東歎了口氣，笑道：「罷了，既然你不願意，我也不會強人所難。馮哥。喝酒吧。」

馮士元端起酒杯和林東碰了一下，稍稍抿了一小口，笑道：「老弟，你心裏不會怪我吧？」

林東笑道：「怎麼會呢，我知道你的難處，摩羅族人畢竟對你有恩。」

馮士元道：「我聽不懂那邊的語言，無法與摩羅族人交流，但是我認識一個人可以！」

林東一愣，除了萬源之外，難道還有別人可以和那野人交流？

「還記得上次我回來，跟你提到的一個把我從摩羅族帶出來的女人嗎？」馮士元笑問道。

若不是經他提醒，林東早已忘了，點了點頭，「就是你說的那個會說漢語也會說摩羅族語言的女人？」

「是！」

提到那個女人，馮士元莫名的興奮起來，「你不知道，我這次去又見到她了，這女人來頭極大，暫時我還摸不清楚她到底是哪個大家族的，不過我和她也算是故人了，見了面聊了幾句，還要到了她的手機號碼。」

林東笑道：「馮哥，該不會是你看上人家了吧？」

馮士元嘿嘿笑道：「那樣的女子我也只能意淫一下了，她是絕對不可能看上我的。」

馮士元盯著林東看了兩眼，臉上掛著壞笑，「要說你這模樣還行，估計她要看上也得是你這樣的。」

林東不願跟他胡扯，忙說道：「別跑題了，快說，好端端的你提她做什麼？」

馮士元收起了笑容，說道：「你有所不知，那女人與摩羅族淵源很深，如果能把她請來，或許可以化解你和那個野人之間的仇恨。到時候你解除了煩惱，野人可以跟她歸家，這不是兩全其美的事情嘛。林東，你知道我這人的，受人點滴之恩，我都會永生難忘，何況是救命之恩，要我把骨鏈借給你去抓摩羅族的族人，我實在是過不了心裏的那道坎。」

「馮哥，你如果不是那樣的人，咱們根本不可能成為那麼好的朋友，交朋友，就得交你這樣的。」林東又端起了酒杯，一飲而盡。

吃過了飯，馮士元把存在手機裏的那個神秘女人的號碼翻了出來，發給了林東，「她姓方，具體叫什麼名字人家不肯說，我知道問了她也不會告訴我，所以也沒問。」

「方？」

林東沉吟了片刻，想起去年和馮士元在騰沖賭石廠目睹的段、毛、方三家爭石的情景，其中代表方家出面的便是個女子。

「馮哥，還記得去年在騰沖的事情嗎？段奇成被毛興鴻和原石販賣商聯手騙了一千萬的事。」

經林東這麼一提醒，馮士元也恍然大悟了過來，「是啊，當時三大家族裏面有個姓方的就是個女人。」

「你說的這個姓方的女人，和去年見到的那個不會是一個人吧？」

雲南姓方的人並不多，而有來頭的就只有三大家族中的方氏家族了。

馮士元咂摸著嘴巴，努力回憶方如玉的模樣，卻因時隔太久，怎麼也記不起來了，「我也不能確定，但可以肯定一點，不管是不是同一個人，她們可都是一等一的美女。林東，你還記得方如玉的模樣嗎？」

林東搖搖頭，「都過去那麼久了，就見過一面，我哪還記得。」

馮士元笑道：「要真的是同一個人，那麼你請她過來她應該會過來，別忘了，那晚還是你幫她擺脫了毛興鴻的糾纏呢。」

「你不說我都快忘了。」林東呵呵一笑，塵封的記憶被揭開，在雲南所經歷的一切又歷歷重現在眼前。

馮士元道：「好了，飯也吃好了，我該回去了。現在南邊已經進入了雨季，我打算休息一段時間，準備充分了，再南下尋寶。」

林東陪他出了酒店，馮士元打車走了。

下午，林東回了一趟蘇城，雖然婚禮的事情完全不需他操心，但畢竟老母還在蘇城，況且他心裏惦記著高倩。自打高倩懷孕之後，他是一天不見到她心裏就煩亂。

林母從冰箱裏給兒子拿來了一瓣西瓜，遞給了林東，「你爸打來電話了。」

「爸說什麼了？」林東問道。

林母道：「二飛子他爹買了大型收割機，今年咱們村裏的麥子收得特別快，田裏的事情已快忙清了。」

林東道：「好啊，等爸忙完了，我就讓邱維佳把他送過來。」

這時，高倩走了過來。

「老公，你想一想你這邊要給哪些人發請柬吧，比如你大學裏的同學和同事，這事情得抓緊辦了，時間不多了。」

林東這才想起，他大學同學有不少都是蘇城本地和周邊的，說道：「我會儘快的，至於同事嘛，我的兩個公司的員工都會過來，我儘快把人數報給你。」

高倩笑道：「好啊，人多了才熱鬧，我希望我們的婚禮熱熱鬧鬧的。」

林母走開之後，林東對高倩說道：「倩，今晚我有事情，就不回來住了，就讓白阿姨陪你一塊睡吧，不然的話，你一個人睡我可不放心。」

高倩笑道：「你是不放心我，還是不放心我肚子裏你們林家的種？」

「難道這兩個就不能一起不放心嗎？」林東反問道。

在家裏一直待到下午五點，林東這才離開家朝溪州市趕去。到了酒店，給江小媚打了個電話，告訴她已經到了，江小媚隨即就把隔壁房間的門打開了，等著林東的到來。

「成思危到了嗎？」

林東一進房間就問道。

江小媚搖了搖頭，「還沒到，他五點鐘下班，已經打過電話來了，買了六點的高鐵票，估計要七點半之後才能到酒店。」

林東點了點頭，「那關曉柔的情緒怎麼樣？」

「比之前好多了。」江小媚笑道。

林東仔細的看了一下江小媚的臉，發現了她重重的眼袋和黑眼圈，歎道：「小媚，今晚之後你就好好休息吧，想去哪裏玩，我出錢。」

江小媚這兩天為了陪關曉柔，的確是沒能夠好好休息，面容看上去有些疲倦和憔悴。

「想去玩的地方有很多，光我一個人去又有什麼意思呢？」

林東不敢往下接這個話題，說道：「餓了吧，我們下去吃？還是叫餐讓他們送到房裏來？」

江小媚看了一下時間，已經七點鐘了，便說道：「還是叫餐吧，去隔壁房間，曉柔也沒吃飯呢。」

跟著江小媚去了隔壁房間，關曉柔見他進來，露出一絲微笑。

「林總，你來啦。」

林東點頭笑道：「關秘書，你的氣色好多了，相信很快就能痊癒的。」

關曉柔道：「林總，以後再別叫我『關秘書』了，我以後不會做任何人的秘書了。」

「如果你不嫌棄，那我就和小媚一樣稱呼你為『曉柔』吧。」林東笑道。

關曉柔含笑點頭，「這樣才顯著親切呢。」

掛了電話的江小媚走了過來，「曉柔，我已經叫了餐了，有你最愛吃的西冷牛排。」

「多謝你了，小媚姐。」關曉柔由衷說道。

林東突發奇想，說道：「小媚、曉柔，要不你倆結伴出去旅遊吧，什麼地方隨你們挑，我出錢。」

如果成思危答應了幫忙，那麼和金河谷的較量就從暗中浮到了水面上，以金河谷的性格，斷然不可能放過江小媚和關曉柔。這時讓她倆去國外旅遊，倒是個避開金河谷的好方法。

關曉柔想的不深，只是為林東肯為她們花錢而高興，而心思縝密的江小媚顯然會去思考林東這麼說背後的用意，她很快就想通了其中的關節。

「林總，我倒是挺樂意的，最好是去遠的地方，比如歐洲，比如美國。」江小媚笑道，「只不過就是不知道曉柔肯不肯拋下情郎跟我出去呢。」

林東對關曉柔說道：「曉柔，我覺得你該去，經歷了那麼多的事情，你該好好放鬆放鬆了，等你回來的時候，說不定金河谷已經倒了，到時候你與小成之間就再沒有人可以阻礙你們自由的交往了。」

關曉柔眼睛裏流露出熾熱的光芒，彷彿看到了美好的明天，滿心都是對美好未來的憧憬，「小媚姐，那麼我們就一起去玩吧，你挑地方。」

江小媚朝林東會意一笑，二人的目光在虛空中進行了短暫的交匯，就各自避開了彼此的目光。恰在這時，門鈴響了。林東走過去拉開門，酒店的服務生推著餐車走了進來。

「先生，您要的餐來了。」

服務生將食物擺好，然後就推著餐車走了。

三人坐下來吃了晚飯，晚飯剛吃完沒多久，關曉柔的手機就響了。她示意林東和江小媚噤聲，「思危，你到了麼？」

成思危在電話裏說已經下了火車，正在計程車上，估計還有一刻鐘就能到酒店。

掛了電話，關曉柔將情況說了出來。林東站了起來，「曉柔，那我就到隔壁去了。如果成先生願意，待會可讓他去隔壁找我聊一聊。」

關曉柔點了點頭，江小媚道：「林總，這是房卡，你先過去，我在這裏陪著曉柔。等成思危來了，我就過去。」

林東拿著房卡出了房間，打開了隔壁的房門，坐在裏面靜靜等待。說實話，他不確定成思危能否答應，甚至可以說是一點把握都沒有。成思危的這份工作可說是前途無量，年紀輕輕就給副廳長做秘書，再熬幾年，被放到下面縣城裏去做個局長是很有可能的，假以時日，說不定成就不會在祖相庭之下。

關於愛情，林東向來琢磨不透，有些人可以不惜為之付出生命，有些人卻拿來踐踏和利用。世界上最讓人看不透的估計就是這「情」字了，而世間種種之情，又尤以這男女之情最是厲害。茶毒之深遠，遠非其他之情可比。

成思危到底是個為情可死的情種，還是個玩弄感情的浪子，今晚便可揭曉！

過了一刻鐘，林東聽到走廊裏有腳步聲傳來，不多時，就聽到了隔壁門開了的聲音。

成思危到了！

林東起身走到門後。幾乎是同一時間，就聽到了敲門的聲音。他把門一拉開，江小娟就閃了進來。

「成思危來了，我讓出空間，讓他們兩個好好交流。」

林東指了指茶几，「茶都為你泡好了。」

江小媚坐了下來，揭開蓋子聞了一下，「好香的茶啊。」

「這茶葉還不錯。」林東笑道。

江小媚道：「曉柔一見到姓成的就哭了，看著都令人心疼，她犯了不少錯，也算是受到了懲罰，希望以後的路能坦坦蕩蕩，不要再經受那麼多的波折，她一個女子如何經受得起。」

林東點了點頭，「小媚，如果今晚成思危答應了，那麼我會安排你和關曉柔儘快出國，在國外多逗留些時間，等我擺平了金河谷再回來。」

江小媚點了點頭，「那我就遊遍歐洲，我早就想去法國凡爾賽宮看一看，去中世紀的天主教教堂看一看。這下可好了，我有的是時間領略歐洲的異國風情了。」

「你付出的太多了，這些都是你應得的。我只怕虧欠你太多而無法彌補。如果你還有其他什麼要求，千萬別跟我客氣。」林東真誠說道。

江小媚神色黯然，對於林東剛才說的那番話，她非常的心痛，彷彿二人之間只存在利益的交換，而她很想告訴林東，她所做的一切並不是只為圖錢，更多的原因是她想為他做些事情。

林東看出了江小媚臉上表情的變化，也讀得懂江小媚心裏的想法，只是除了金錢之外，他根本不能給予她什麼。

氣氛一下子沉默了起來，也不知過了多久，江小媚的手機響了起來。她朝螢幕看了一眼，低聲對林東說道：「是曉柔打來的。」

「接吧。」林東一點頭。

「曉柔，什麼情況？」江小媚直接問道。

關曉柔道：「小媚姐，思危想見見林總。」

「好的，你們等一下，我馬上過去。」

江小媚掛斷了電話，臉上露出了笑容。

「林總，成思危要見你，看來是願意參與到咱們的計畫中來。」

林東鬆了口氣，往沙發上一靠，「小媚，那你帶他們過來吧。」

江小媚起身出了門，很快就把成思危和關曉柔帶了過來，二人牽著手，關曉柔的臉上還掛著淚痕，成思危的眼睛也是紅紅的。

「成先生，請坐吧。」

林東指了指對面的沙發。

坐了下來，關曉柔依偎在成思危的懷裏，而成思危的一隻手臂也一直抱著她的身子。

剛才在隔壁的房間，關曉柔將事情的經過毫無隱瞞的全部說了出來。之前成思危就已經知道了關曉柔和金河谷的關係，不過並未因此而嫌棄她，反而幫著計畫如何脫離金河谷的掌控。今天一進門，看到關曉柔身上的繃帶和傷痕，他整個人就呆住了，在大腦短暫的斷電之後，他很快就明白了關曉柔身上的傷是誰造成的，不由得握緊了拳頭。

他早已對那個霸佔自己心愛女人的男人懷恨在心，如今更因為關曉柔因為與他幽會而遭到金河谷的毒打而怒火攻心。作為一個男人，這是他所難以忍受的。

成思危此刻是痛苦的，這樣的事情落在誰的頭上都不會好受，偏偏他很不幸，落在了他的頭上。在他眼中，關曉柔漂亮賢慧，是個難得的好女孩，而自己只是個從農村出來的農二代，能得到這樣的女子垂青，已經算是上天垂青了。

「唔……」

他只覺胸口壓抑得快要喘不過起來，仰著頭長長吐了口氣，鬱積在胸膛裏的怒火熊熊燃燒著，已經快要將其焚毀。這樣的感覺只在他十五歲那年有過一次。

成思危父親早逝，是母親一手拉扯大的，因此從小就十分懂事，也十分爭氣。十五歲那年，母親因生病未能及時歸還欠村長的五百塊錢而遭到毒打。他清楚的記得，那是一個冬日的午後，他在房裏做作業，村長帶著兩人氣呼呼的衝進了他的家，沒說一句就與母親打了起來。家裏唯一值錢的就是圈裏的一頭快要出欄的肥豬，村長要將豬拉走抵債，母親不肯，便遭到拳腳加身。

他親眼目睹了整個過程，這件事給他幼小的心靈裏留下了一片陰影。當村長將他視作空氣的時候，他衝進廚房裏拎了菜刀就跑了出來，朝著村長就砍了過去，幸好老傢伙躲得快，否則非得被劈掉半邊腦袋。

三個男人怎麼也沒想到這孩子那麼猛，成思危第一下沒劈中，掉過頭去又劈第二下。村長和帶來的兩個幫手嚇壞了，早忘記了己方三人都是大人，居然怕了一個十五歲的孩子，一溜煙全都跑了。而成思危則如一頭發狂的野馬，一直拎著菜刀追到了村長家裏。好在村長跑得快，到家就把門拴了。從此之後，村長就再也不敢欺負他們家了，連走在路上看見他，也嚇得掉頭就走。

成思危感覺自己現在的心情就如當年一樣，只是他再也不是當年十五歲那個可以什麼都不管不顧的少年了，知道做事情需要講究策略。如果當年他把村長砍死了，估計自己也難逃牢獄之災。對於金河谷，他真的很希望提著一把菜刀把他大卸八塊，但是他知道金河谷遠非常人，只怕還沒近他的身。自己已先完了。

「成先生，我可以幫助你，談談吧。」

林東觀察了一會兒成思危的表情，緩緩開口說道。

成思危睜開猩紅的雙目，微微點了點頭。

第七章 變小的御令

林東仔細看了看掛在脖子上的財神御令，不禁嚇了一跳。

御令的尺寸大小足足小了三分之一，但裏面的那絲黑氣卻不見了。

「這到底是怎麼回事？」

林東手裏握著變小了的財神御令，這東西與他朝夕相伴了將近一年，這麼久的時間從未離開過他，可說熟悉財神御令就如他熟悉自己的手臂一樣。

「如果說敵人的敵人就是朋友，那麼我們兩個可以算是朋友了。我與金河谷仇深似海，除了是商業上的競爭者之外，在私人恩怨方面，我也與他有解不開的樑子。擊垮金河谷是我們共同的目標，我們可以合作。」林東說道。

成思危開口說道：「林總，恕我愚昧，我只是個小員警，我能為你做什麼？」

「不是為我，糾正一下。」林東笑了笑，「是為我們！」

成思危點了點頭。

林東繼續說道：「金河谷的一大靠山就是你現在的老闆祖相庭。如果不是有祖相庭的庇護，這次我就能將他繩之於法了。所以，要想讓姓金的受到法律的制裁，咱們首先要做的就是要打掉祖相庭。」

成思危一愣，從私人感情來說，祖相庭對他還算不錯，他也打算接著祖相庭的力量往上升遷。以他這種農二代，所有親戚都是與土地打交道的農民，他唯一的依靠就是祖相庭了，所以一直以來，他為祖相庭辦事都十分賣力，也贏得了祖相庭的信任。

林東將萬源的案子說了出來，成思危是公安系統內部的人，一聽之下就明白是祖相庭從中出了力，否則金河谷不可能那麼輕鬆過關的。這案子疑點重重，那麼快就結案，看來也是祖相庭從上面向溪州市市局施加了壓力。

林東見他半天沒有說話，開口問道：「成先生，能說一下你的想法嗎？」

關曉柔含淚看著愛郎，此時此刻，她唯一的希望唯一的寄託就只有成思危了，若是失去了他的愛，她將失去所有一切。

成思危低頭看到關曉柔期盼的目光，想起自己的女人所受的侮辱，想起金河谷的兇惡，不禁聯想到了祖相庭猙獰的一面，自己女友現在的痛苦，包括他內心的煎熬，都與祖相庭脫不了干係的。

想到這裏，成思危心中的怒火燃燒得更加旺了！

「我要做些什麼？」

林東微微一笑，見成思危答應了下來，心裏不禁一喜，說道：

「利用你所掌握的祖相庭的罪行來扳倒祖相庭，然後我利用我的人脈來重新調查萬源的案子，沒有了祖相庭為金河谷擦屁股，我想他就蹦躂不了多久了。」

成思危是祖相庭的親信，知道祖相庭很多不為人知的事情。祖相庭並不害怕他會說出去，因為他們除了是上下級的關係，還有一條看不見的線把他們牽在了一起，如果祖相庭倒了，那麼成思危也會失去了發展的機會。

「不管事情成功與否，我都會為你和曉柔安排好後路。我已經跟曉柔說過了，會給你們五百萬，並且安排你們離開這裏，想去什麼地方，甚至移民，我都可以為你們辦到。」

林東抓住了成思危的心理，成思危寒窗苦讀了多年，好不容易才出人頭地，要他放棄所擁有的一切和前景光明的未來，任誰都難免有些不忍。林東為他安排好了後路，給了他足夠多的錢，可以讓他們生活無憂，這就徹底解決了成思危的後顧之憂。

「我想去英國，我在那邊有朋友，我要去讀法律，我希望能在那邊成為一名律師。」

成思危抬頭看著林東，說道：「林總，我知道不該向你提太多的條件，但有些事對我而言難於登天，對你而言卻易如反掌，所以，希望你能幫我！」

林東默默喚醒了沉睡在瞳孔深處的藍芒，通過眼神的交匯，他知道成思危所說的一切都是真心的，絕沒有半句虛言。

林東點了點頭，說道：「你放心，這些我都會替你安排，我會為你和曉柔辦理好移民手續。對了，家裏還有其他人嗎？」

成思危搖了搖頭，說道：「去年家母病逝了，我父親早喪，現在家裏已沒有親人了。」

林東道：「對不起，我無意觸及你的傷心事。我會在倫敦為你們買一套房子，絕不會讓你與曉柔有後顧之憂，到了那邊，你們會生活得很幸福。」

成思危心裏充滿了對林東的感激，除掉金河谷，是他與林東共同的目的，其實就算林東不給他任何承諾，他也會與林東合作。如今得到了林東那麼大的恩惠，成思危心裏充滿了對林東的感激，再無後顧之憂，也更有信心與金河谷一較高下。

林東站了起來，說道：「好了，不早了，我該回去了。」

成思危送林東到門口，林東把他拉到一邊。

「成先生，我打算送小媚和曉柔去國外旅遊，等這件事了了再讓她們回來，你意下如何？」

成思危是個聰明人，很快就明白了林東的用意，說道：

「林總用心良苦，我自然不會反對。留她們在國內只會讓我們分心，把她們送出去自然是最好的選擇。林總你心思縝密，與你這樣的人合作，我心裏也踏實許多。」

「回去好好陪陪曉柔吧，我想過不久，我就會安排她們姐妹兩個出去了，你們在一起的時間不多了。」林東說完就走了，成思危回到房裏。

江小媚笑道：「成思危，你和曉柔的房間在隔壁，這兒是我的房間。」

「曉柔，那我們就去隔壁吧。」成思危扶起關曉柔，離開了這間房。

房間裏只剩下江小媚一個人，她在客廳裏走了幾圈，忽然在林東剛才坐下的地方坐了下來。學著林東的姿勢，微微靠在沙發上，雙臂抱在胸前，只是怎麼也模仿不出林東給人的威懾感。

離開酒店，林東駕車離開，還沒到家，就感覺到不對勁了。也不知是否是晚上喚醒了眼中藍芒的緣故，只覺頭腦中似有什麼東西正在侵蝕他的控制力似的。自從練習吳長青給他的內家功法之後，瞳孔中的藍芒活動的頻率明顯比以前降低了許多，這半月以來，更是從未有過異動。

「啊……」

林東把車停在路邊。捂著眼睛痛苦的呻吟起來。他感覺到自己的意志力正在被侵蝕，彷彿有另一種力量正在試圖控制他的大腦。

這簡直匪夷所思！

林東感覺自己的腦袋越來越沉重，意識越來越模糊，僅剩的一絲清醒告訴自己，絕不能讓那股來歷不明的力量控制自己。當此之際，他猛然握住了懷中的財神御令，只覺一陣清涼傳遍了全身，整個人頓時清醒了許多。而隨著微弱的意識漸漸恢復壯大，那股不知從何而來的力量便逐漸消失了。

也不知過了多久，林東睜開了眼，身上的襯衫已經濕透，低頭看了看懷中的財神御令，白色的玉片上竟然多了一絲黑氣。

「這到底是怎麼回事？」

回想起方才的驚險。如果那股不知從何而來的力量真的控制了自己的大腦，林東真不敢想像接下來會發生什麼事情。或許，那股神秘的力量會讓他喪失自我，變得六親不認，變得殘暴兇狂……

這麼一想，林東背後又出了一身冷汗。

他略微調整了呼吸，發動車子緩緩朝家裏開去。

到了家裏，林東看了一下時間，已將近十一點了。他記得從酒店出來的時候是八點半左右，到家的時間應該在九點鐘左右，這多出來的兩個小時想必就是手握財神御令與那股神秘力量抗衡花費的時間。

進浴室脫下被汗水浸透的衣服，放了一缸的溫水，林東躺了進去，舒暢的感覺很快就將他包圍了。林東閉上眼睛，似乎極為疲憊，等到水涼了，他睜開眼，看到的居然是一缸微黑的水。

仔細看了看掛在脖子上的財神御令，不禁嚇了一跳。御令的尺寸大小足足小了三分之一，但裏面的那絲黑氣卻不見了。

「這到底是怎麼回事？」

林東手裏握著變小了的財神御令，這東西與他朝夕相伴了將近一年了，這麼久的時間內從未離開過他的身體，可以說熟悉財神御令就如他熟悉自己的手臂一樣。

林東擦了擦浴室裏鏡子上的水汽，睜大眼睛看著鏡子裏自己的瞳孔，只看得到一絲微弱的藍芒。

「咦，藍芒也虛弱了不少？」

林東隱隱覺得今晚突發的意外情況肯定與藍芒有關，而在他握住財神御令的那一瞬間，便將這寶貝拉入了戰局，藍芒與御令各顯神通，互相拚鬥，最後落得個兩敗俱傷的下場。

林東知道御令對自己的重要性，雖然近半年來他已很少動用御令，但如果沒了，他肯定會難以適應。

「老夥計，真是對不起了，我是無意的。」

林東對著變小了的財神御令說道。

看著浴缸裏的一缸黑水，林東直搖頭，將黑水放掉之後就把身子沖洗了一遍，這才出了浴室。往床上一倒，難以抵擋的倦意就湧了上來，只覺眼皮似有千斤重，本來想給高倩打個電話聊聊的，但實在是太睏了，電話拿在手裏就睡著了。

睡夢之中，林東再一次進入了那片奇妙的天地之中。他已有許久未進入了。金色的聖殿依舊聳立，他的腳下是厚實的雲彩，踩在上面就像腳踏實地一樣。

林東朝金色聖殿走去，在聖殿門外看到了一個黑衣黑髮的男子。長長的黑髮遮住了他的臉，林東看不清他的模樣，只覺得一股陰森的氣息朝他逼近。

「你是誰？」

林東忍不住問道，前幾次進入這片天地都未見到這人。

「我是誰？哼，不是你把我拘禁在這裏的嗎？」那人的聲音異常的冰冷，入耳彷如冰箭。

林東呵呵一笑，「呵，你這人還真是自來熟哈，我什麼時候拘禁過你了？笑話！」

那人沒說什麼，撩開長髮，露出一隻黑漆漆的眼睛，那是一隻沒有眼白的眼睛，黑得如深不見底的幽潭，令人不敢直視，心生畏懼。

林東盯著那隻眼睛，未表現出一絲的驚懼。這只是個虛幻的空間，他知道眼前的這人無法帶給他任何的傷害。

「你就是御令第七代的傳人？」黑衣人放下長髮，冷冷問道。

林東點了點頭，「應該是吧。」

「能進入這片空間，那就證明你已經得到了御令的認可，不是傳人是什麼？」那人冷冷譏笑。

林東同樣冷笑，「你不也進來了嗎？難道說你也是傳人？」

那人氣得無語，半晌才道：「我是被你拘禁在此的！」

「我何時拘禁你了？」林東反問。

一陣風忽然吹來，那人的黑衣抖動了幾下，忽然就化作了一縷黑氣，繞著金色聖殿盤旋飛舞。

風力陡然加大，林東仿似做了一場噩夢，猛然驚醒。

一睜眼，已然天亮了，再一看時間，已經是上午九點了。

「怎麼又睡到這麼晚？」

林東趕緊下床，雙腳一落地，只覺渾身輕鬆，身體輕飄飄的，全身像是充滿了力氣似的。他試著輕輕一躍，居然跳高了半米。

「我的神啊！」

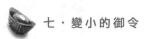

林東忍不住發出一聲驚呼，心中又驚又喜，經過昨晚那場不見硝煙的戰爭，自己的身體似乎又突破了一個巔峰，達到了更好的狀態，心裏很有點因禍得福的感覺，看來昨晚雖然驚險，但也划得來。

到了公司，林東就讓周雲平把穆倩紅叫了過來。

自從江小媚走後，林東就把穆倩紅調到了金鼎建設公司這邊。投資公司那邊已經進入了正軌，而且運行機制日趨成熟，而地產公司這邊則非常需要穆倩紅這樣能力強的人。

「林總，你找我。」

穆倩紅含笑走了進來，一陣香氣撲面而來。她身穿米色的套裙，腿上裹著名貴的玻璃絲襪，踩著尖細的高跟鞋，婀婀而來，顯得幹練且性感。

林東指了指對面的座椅，說道：「倩紅，坐下吧，我有事跟你說。」

穆倩紅坐了下來，問道：「什麼事呢？」

林東道：「替我為兩個人辦移民手續，能有多快就多快辦好，還有為這兩個人在倫敦買一套房子。」林東把成思危和關曉柔的資料給了穆倩紅。

穆倩紅點了點頭，「移民手續我會儘快辦好，房子是要什麼樣的？」

林東道：「普通的，一百平米左右就可。」

穆倩紅明白了，忽然一笑，「林總，你最近去美容了嗎？」

林東摸了一下臉，搖搖頭，「沒啊，為什麼那麼說？」

穆倩紅笑道：「沒什麼，只是覺得你今天的氣色非常好，或許是我有段日子沒見著你的緣故吧。沒其他事情我就走了啊。」穆倩紅起身離開了林東的辦公室。

林東走到鏡子前面看了看，沒覺得自己有什麼變化。

「周雲平，進來！」

林東朝外間的辦公室叫道。

周雲平倉惶跑了進來，「老闆，啥事啊？」他被林東剛才那一聲大叫嚇得不輕。

林東招招手，把他叫到跟前，問道：「看得出我有什麼變化嗎？」

周雲平退後了幾步，在林東全身上下掃了幾眼，嘖嘖稱奇，他的確是發現了林東身上的變化，那是一種氣質的昇華，無法用語言描述。

「喂，你倒是說話啊。」

林東見周雲平久久未開口，而一雙眼睛卻賊溜溜的在他身上掃來掃去，只覺全身雞皮疙瘩都起來了。

周雲平嘿嘿笑道：「老闆，是有點變化，不過我嘴笨，無法用語言描述那種感覺。」

「你這傢伙，說了等於沒說。」

林東揮了揮手，「該幹啥幹啥去吧。」

周雲平訕訕一笑，「那我可走了啊。」

周雲平走後，林東又對著鏡子看了一會兒，除了渾身充滿了使不完的力氣之外，他並沒有感覺到其他的變化。

將公司的事情處理完畢，林東就開車回了蘇城。想到上次陳美玉告訴他左永貴生病的事情，林東到了蘇城之後便去買了些禮物，開車朝左永貴家去了。左永貴住在蘇城有名的別墅區，那片別墅區已經有些年頭了，可說是蘇城第一批建起來的別墅區。開車進了社區內，目光所及之處盡是一片蔥綠，粗壯的樹木隨處可見，枝蔓叢生，遮擋了日光，投下片片的綠蔭。

林東開車到左永貴家的門前，下車吸了一口新鮮的空氣，這裏的空氣要比別的地方清新許多，果然不愧是蘇城最好的別墅區，就從這最明顯的綠化來看，就遠非那些新建的社區可以比擬的。

到了門外，林東按了按門鈴。

過了好一會兒，才見一個五十歲左右的中年婦女過來開了門。

「小夥子，你找誰？」

林東見這婦人的年紀與左永貴相仿，以為是左永貴的老婆，笑道：「你是左太太吧，我是左老闆的朋友，聽說他病了，我來看看他。」

那婦人笑道：「不好意思，你認錯人了，我叫張桂芬。是左老闆請來的鐘點工，不是他太太。」

林東歉然一笑，「那麼我可以進去了嗎？」

張桂芬見林東手裏提著補品，也不疑有他，就側身讓林東進了門。

「左老闆在樓上。」張桂芬把門關上，「小夥子，我帶你上去吧。」

「張大姐，那就有勞了。」

林東跟在張桂芬的後面進了門，來到左永貴的房門前，張桂芬抬手敲了敲房門。

「左先生，有位先生來看你。」

房間裏傳來左永貴的咳嗽聲，繼而便聽到了左永貴氣虛的聲音。

「咳咳……是誰啊？」

林東開口說道：「左老闆，是我。」

左永貴聽出了林東的聲音，聲音略顯興奮，「哎呀，是林老弟啊。你到下面等等我，我換身衣服就下去。」左永貴實在是不想讓老朋友看到他現在的這副慘狀，想好好收拾一下自己再與林東見面。

「好，那我在樓下客廳等你。」

林東把帶來的禮物交給了張桂芬，說道：「張大姐，我下去了，麻煩你找地方把這些東西放好。」

張桂芬點了點頭，林東朝樓梯走去，下了樓。

在樓下客廳裏等了將近半個小時，林東閑來無事，就在客廳裏欣賞了一下左永貴家的裝飾。要說這傢伙還真是會享受。直把這棟別墅裝修得跟皇宮似的，金碧輝煌，極盡奢華，從裝修的材料到所有的傢俱家電，所有都是頂級的。仔細一想，左永貴這輩子最大的樂趣就在於享受，他不缺錢，想怎麼折騰就怎麼折騰，本想就這樣過完這輩子，哪想到卻因為貪圖享樂而失去了享樂的能力。

張桂芬扶著左永貴慢慢從樓梯走了下來，林東聽到腳步聲，回頭一看，他幾乎不敢相信張桂芬扶著的這人就是以前微胖的那個左永貴。左永貴穿著素淨的白色長袖襯衫，袖口和領口的扣子都扣上了，那件襯衫在他身上顯得異常的寬大，而左永貴就像是晾衣服的衣架似的，瘦的只剩皮包骨頭了。

「左老闆……」

林東見老友變成這幅模樣，心裏十分不好過，叫了一聲左永貴，下面就說不出話來了。

左永貴雙頰凹陷，顴骨高高的凸起，再也看不出以前肥頭大耳的模樣，滿臉病容，看上去蒼老了許多。

「林老弟，謝謝你能來看我。」

左永貴上前握住林東的手，老淚縱橫，自打生病以來，以前那幫稱兄道弟的狐朋狗友一個也沒登門，反而四處惡語中傷。所謂患難見真情，生了大病之後，左永貴才對人生有了另一番感悟。

林東拍了拍他的肩膀，安慰道：「左老闆，這可不像你啊，別哭了，盡讓人看笑話不是？」

左永貴從褲兜裏摸出手帕，擦了擦眼淚，說道：「老弟啊，有些情緒實在是憋在心裏太久了，見了你我是忍不住就哭了出來。」

「本來我早想來看你的，但因為最近事情實在太多，直到今天才得了閑，來晚了，希望老哥你別怪我。」林東笑道。

左永貴歎道：「你是不知道，以前我沒生病的時候，我感覺我就像是戰國四公子，家中食客三千，每天人來人往，熱鬧得不得了。自打生了這病，忽然之間變得門庭冷落鞍馬稀，那些人再也不登門了。」

左永貴是個愛熱鬧的人，為人豪爽，結交了不少朋友，對待朋友真心實意，而生病之後大部分朋友都棄他而去，這種心理落差讓他倍感失落，再加上身患重病，憂生憂死，心情更是一落千丈，對人情冷漠，只能唏噓嗟歎。

「陪我出去走走吧。我一個人的時候壓根沒心思出去散步，整日悶在家裏，都快發霉了。」

左永貴笑了笑，林東能來看他，證明他做人並非是完全失敗的，心情稍稍好了些。

「好啊。」

林東和左永貴出了門，天色漸漸變暗，掛在天際的夕陽又只剩一點露在外面，染紅了半天的雲霞，日光失去了溫度，走在社區內的樹蔭下，微風徐來，說不出的愜意涼爽。

左永貴走得很慢，步伐邁得很小。

林東問道：「左老闆，怎麼不見你的家人？」他想這個時候左永貴身邊應該有家人照顧的，而剛才除了看見一個傭人之外，那座豪華大宅裏似乎就只剩下它的主人了。

左永貴淒然一笑，「家人？都被我傷透了。」

左永貴嫌棄原配的老婆不夠漂亮，早在十幾年前就已離了婚，而兒子也因此和他結下了解不開的仇恨，自打去美國讀書之後就再也沒回來過，聽說已經在那邊成了家。

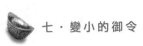

林東無意中觸及到左永貴的傷心事，略帶歉意的說道：「不好意思，我不該多嘴問的。」

左永貴擺擺手，說道：「沒事，林老弟啊，自打生病了之後，我發現我的時間多得沒地方打發了，所以就開始回憶過去，對自己的所作所為十分的後悔。我本來有家庭，有老婆兒子，老婆賢慧，兒子聰明，都是我作孽，要我現在自食惡果，只怕是死之後連個送葬的也沒有。」

林東道：「你別把問題想得太壞，你兒子畢竟跟你有血緣關係，血濃於水，骨肉親情是如何也割捨不斷的。」

左永貴卻是搖了搖頭，當初做了多麼對不起家人的事情他自己比誰都清楚，也不敢再奢望什麼了。

「老弟啊，我現在是真的相信有因果報應這回事了。以前我就是作惡太多，才落得今天這下場的。」左永貴歎道，言語之中流露出的盡是悲觀的情緒，他寧願喝酒喝死或者被車撞死，也不願這樣活受罪。這天底下他最愛做的就兩件事，一是喝酒，二是玩女人，而現在這兩樣事他都不能做了，叫他如何不痛不欲生。可接受死亡是需要勇氣的，畢竟每個人都有求生的欲望，左永貴還沒有勇氣去輕生。

「過去的就讓他過去吧，往者不可追，來者猶可惜。左老闆，你該珍惜剩下的時光，做一些補救，不論有沒有效果，只要做到問心無愧，這就足夠了。」林東幫不了他什麼，只是把作為朋友應盡的責任做到，將自己該講的話說出來。

左永貴緩慢的朝前走著，看著西天漫天的紅霞，頓生感慨，說道：「林老弟啊，你說我現在是不是就跟夕陽一樣，就快要沉了？」

「這得看你的心態了，如果你繼續這樣悲觀下去，那麼我可以肯定的告訴你，你就是日暮黃昏了。如果你振作起來，將這次大病作為一次契機，作為你重生的起點，揮手作別過去驕奢淫逸的生活，那麼我覺得用初升的朝陽來比喻你較為恰當。」

聽了林東之言，左永貴沉默了許久，半晌才長長出了一口氣，挺直了腰板，似乎又恢復了以前的幾分豪邁，笑著說道：「林老弟，我決定聽你的。人終有一死，與其成天在焦慮不安中度過，不如讓自己過得開心些。」

「你能這樣想就好。」林東欣慰一笑。

左永貴道：「想不到你年紀輕輕，對人生的感悟卻是那麼深刻，我左永貴真是比你白吃了許多年飯。老弟，我這一生很少誇人，今天我不得不說，你比我強，比蘇城好些人物都強！」

林東道：「這月農曆二十八是我結婚的日子，很快我會讓人把喜帖送到你府上，到時若是身體情況允許，希望左老闆你一定過來喝杯喜酒。」

「旁人的喜酒我可以不喝，但林老弟你的我卻非去不可。……只要那天我左永貴還有一口氣在，我就一定會趕過去！」左永貴道。

左永貴對朋友的確是真心相待，雖然做人方面有些瑕疵，倒也瑕不掩瑜。林東心裏微微有些感動，問道：「吳老是怎麼說你這病的？」

左永貴笑了笑，「老叔說我的病死不了人，就是以後再不能做男女之事了，哥哥我現在只剩下個老爺的樣子了，可悲啊，要我說全都是我以前做了太多的缺德事，狂嫖濫賭，傷天害理喲！」

林東笑道：「人活一世，有趣的事情還很多，左老闆，行善事能積德，好自為之吧。」

「嗯。」

左永貴微微點了點頭。

「還沒吃飯吧，陪我吃頓飯吧。」

林東本不想留下吃晚飯，但看到左永貴滿含期待的眼神，不忍心拒絕，便點了點頭。

第八章

為民除害的大好事

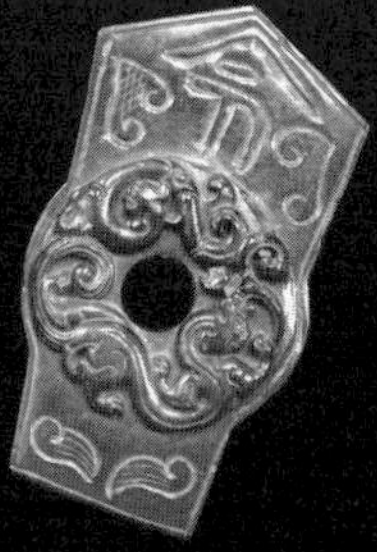

成思危靠在座椅上，細數祖相庭犯下的罪惡，

真是罪惡滔天，罄竹難書，除掉祖相庭，也算是為社會鏟除一顆大毒瘤了。

成思危不再覺得自己即將要做的事情純粹是為了私利，

反而覺得扳到祖相庭是一件為民除害的大好事，而他將成為萬人傳誦的英雄！

吃過了晚飯，林東便開車離開了左永貴家，到了家裏，已是晚上九點。高倩見他回家，忙問林東吃過了沒有。林東說在外面吃過了。高倩便拿來一疊請柬，「老公，你看看你這邊需要請哪些人，把名字填上，我安排人發出去。」

這事林東已考慮過了，提筆就寫了起來，除了大學裏的同學之外，便是生意上的朋友，至於兩家公司的員工，他無需一一發送請柬，通知一下便可。寫完之後檢查了一遍，確定沒有遺漏的人，林東才把寫好的請柬交給了高倩。

舉行婚禮的酒店已經定了下來，定在了高家有股份的萬豪國際大酒店，也是蘇城最好的酒店了。林東在心裏默數了一下，離本月農曆二十八也就剩十三天了。本該是很好的心情，但一想到扎伊還躲在暗處，時刻都有可能在他意想不到的時候出現，這一想，林東的好心情便被蒙上了一層陰影。

他猛然想到了馮士元留給他的方姓女子的手機號碼，如果那女人真的能把扎伊接走，只要扎伊從此不再找他尋仇，他倒是願意與扎伊化干戈為玉帛，從此井水不犯河水。

林東走進了洗手間，拿出手機找出了馮士元給他的那個號碼，猶豫了一下便按了撥號鍵，在並不漫長的等待之後，手機裏傳來了那機械冰冷的聲音。

對方關機了！

「什麼情況？老馮要來的不會是假號碼吧？」

林東也沒有多想，本來就沒希望這個號碼的主人可以幫他什麼忙，既然關機了，這就作罷吧。

過了那麼多天的太平日子，林東知道越是在他放鬆警惕的時候，扎伊越是有可能出來給他致命的一擊，只能在心裏暗暗告誡自己，決不可掉以輕心。他對著鏡子深吸了一口氣，握緊了拳頭，感受到了體內澎湃的力量。

「若是再次交手，我擊敗那野人的勝算應該會多幾分吧？」

雖然自身實力有所增強，但想到扎伊的恐怖戰力，林東心裏仍是一點把握也沒有。林東把掛在脖子上的財神御令拿出來看了看，雖然比以前小了三分之一，但玉片看上去卻是更加純淨清澈了。

他調整好心情，走出了洗手間，見林母正坐在客廳裏看電視。林母見他從洗手間裏出來，招了招手。

「媽，有事嗎？」

林母朝高倩的房間看了一眼，神神秘秘的對林東說道：「兒子，我今天在電視上好像看到枝兒了。」

林東知道母親擔心什麼，也相信林母看到的就是柳枝兒，在母親耳邊說道：「媽，你可能看錯人了吧，枝兒啥時候能上電視了？」他不想讓母親為這事擔心，若是讓林母知道柳枝兒成了高倩的娛樂公司投資的一部電視劇的主角，那非得把林母嚇出病來不可。

林東安慰了母親一番，林母倒也覺得可能是自己花了眼，越想越覺得柳枝兒上電視沒什麼可能。

「早點睡吧媽，我回房裏了。」

林東回到自己的房間，高倩還在看書。

「老公，你說以後我們的孩子讓他做什麼好呢？畫家、音樂家還是科學家？」高倩見林東進了房間，放下書本，一臉憧憬的問道。

林東笑了笑，「這恐怕不是我們可以設定的。我小時候還想做飛行員呢，你看現在，還不是變成了一個一身銅臭味的商人。」

高倩鼓起了嘴巴，看上去有些不高興，「你這人真是沒趣，人家就是想跟你討論一下嘛。」

林東在床邊上坐了下來，摟著美嬌娘，笑道：「如果可以的話，我倒希望孩子能成為一個藝術家。我這輩子會為他攢下幾輩子都花不完的錢，讓咱們的孩子不會為金錢而煩惱。讓他可以醉心於藝術，在藝術上面取得不俗的成就。」

高倩點了點頭，「可我聽說搞藝術的人都比較有點與眾不同，說不好聽的話都有點神經，如果可以，我希望咱們的孩子就做一個普通人，平平安安過一輩子就好。」

林東笑道：「這恐怕不可能。我的事業還有你們高家的事業都指望他來繼承呢。一個普通人怎麼可能將那麼大的家業扛下來？倩，咱們的孩子一生下來身上就扛著重擔啊！」

「要是個女孩怎麼辦？」高倩道，「你總不能指望讓女兒掌管家業吧？」

林東道：「不是我重男輕女。如果真是女兒的話，我就真的會著力培養她去搞藝術，生意方面的事情就交給男孩吧。」

高倩點了點頭。「我也那麼想。」

林東在高倩的肚皮上撫摸了一會兒，然後就去洗浴室。

洗了澡出來，就聽高倩說道：「最近抽個時間，我帶你去我的公司看一看，到時候我會把所有中層以上的領導都叫過來，讓他們和你見見面，熟悉熟悉，以後公司就交給你打理了。對了，柳枝兒的那部戲快開拍了，已經開始啟動宣傳了。」

林東心想難怪老媽在電視上看到了枝兒，原來是已經開始宣傳了。

「好，我看就後天吧，我把時間空出來。」

二人在床上躺了下來，林東關了燈，房間頓時便陷入了黑暗之中。

高倩躺在林東的臂彎裏，喃喃道：「親愛的，講個故事給寶寶聽吧。」

林東想了一下，「寶寶，你要聽好了啊，我說的故事很好聽的。話說從前啊，有個很窮的小伙子，有一天啊，有一個大富豪的女兒看上了他。你說這個故事是不是很戲劇呢？那個窮小伙子就是你老爸我，而那個大富豪的女兒呢，就是你老媽了。故事的後來是這樣的，後來……就有了你。」

「壞傢伙，你跟寶寶說這些幹嘛，是想讓他學壞嗎？」高倩不依不饒，翻身壓在林東的身上，二人廝磨，擦槍走火，不一會兒，呼吸都變得急促起來。

高倩感覺到了下面硬梆梆的東西在她腿上戳來戳去，趕緊從林東身上下來，躺在一旁，「老實點，趕緊睡覺！」

林東心裏慾火難熄，渾身燥熱難耐，在床上躺了一會兒，仍是覺得燥熱，只好又去浴室裏沖了個涼，這才感到舒服了些，上床躺了下來，很快就進入了夢鄉。

也不知過了多久，他在睡夢之中又進入了金色聖殿的那片空間之內，腳下依然是厚厚的一層白雲，聖殿漂浮在雲端之上，巍峨壯觀，煙霧繚繞，宛如仙境。

「你來啦。」

一個聲音從聖殿中傳出，雖然有些陌生，林東仍是一下子就聽出來是那晚所見到的黑髮黑衣人的聲音。邁步進了金殿第一層，一眼便瞧見了那黑髮黑衣人，只是這人看上去比前次看到的虛弱許多。

「你怎麼了？」林東問道。

那人坐在冰冷的金殿中，黑髮依然遮住了他的臉，讓人看不清他的面目，但林東仍是感受到了那黑髮之後射來的冰冷目光。

那人看上去虛弱不堪，一隻手撐在地上，另一隻手指著林東，「你又何必假惺惺的來問我？我變成這樣，還不都是拜你所賜！」

林東聽了一頭霧水，「你別冤枉好人啊，我連你是誰都不知道。」

「想要煉化我，沒那麼容易！」那人說完這話，便坐在地上打坐，再也不與林東交流。

林東在金殿一層四處走了走，空空蕩蕩的，什麼也沒有，便動了想到二層看一看的想法，又來到了樓梯下面，這些樓梯看上去都是實實在在存在的，但想到上幾次都是一踩上去就空了，林東心裏仍是有些害怕。

這一次，他小心翼翼的抬起腳，慢慢的將腳放下來，終於在觸及樓梯的一剎那他感覺到了實質，用力往下踩了踩，就如踩在實地上一樣，稍微放下心來，另一隻腳也踩了上去，兩腳交換前進，不一會兒就平安無事的到了二樓。

二樓的空間要比一樓小不少，也沒一樓顯得那麼空蕩，牆壁的背面，供奉著八張神位，只是上面供奉的神靈都不見了。

「咦，這是怎麼回事？」

林東心中不解，除此之外，二樓裏還擺了幾排椅子，林東數了一下，正好是六十四張。

「那三樓會有什麼東西呢？」

林東好奇心作祟，忍不住朝樓梯走去，到了那兒，抬腳就往上爬，卻不料一腳踩空，整個人摔了下去，猛然從夢中驚醒。

「老公，你怎麼了？」

天剛濛濛亮，高倩見林東忽然從床上坐了起來，嚇了一跳，睜開惺忪的睡眼，抱著林東問道。

回到了現實世界裏，恐怕這些事情說給誰聽，誰都不會相信的。

「沒事，倩，我做了個噩夢。」

林東躺了下來，「天還早，我們再睡會兒。」

高倩不疑有他，與林東一塊躺了下來，抱著他很快就睡著了。

林東卻是睡不著了，接連兩天夢到金色聖殿，這頻率高得前所未有，以前他只有一心想與財神御令取得溝通的時候，才能進入那奇異的空間之內，而現在他根本無需主觀的想要去與玉片取得溝通便能進入那奇異空間，這到底說明了什麼呢？

腦子裏有太多的未解之謎，林東只覺腦袋似乎要爆開了，趕緊轉移注意力，看了一眼睡夢中還帶著甜美笑容的高倩，心裏頓時便充滿了幸福感，不一會兒就進入了夢鄉之中。

等到他睜開眼，天已經大亮，高倩早已醒了，正和林母在客廳裏說笑。

林東穿好衣服，走到客廳裏。

「老公，快過來吃早飯吧。」高倩把早飯端到桌子上，是林東很喜愛吃的皮蛋瘦肉粥，林母一早起來熬的。

林母道：「東子，聽倩倩說你晚上做噩夢了，在我們老家這是有說法的，是說小鬼纏身呢，不要緊，媽中午為你燒幾株香，到時候求求菩薩保佑你，小鬼自然就不會纏著你了。」

林東也不反駁，明知母親這是迷信，但這也是對他的關愛。

「你爸今早打來電話了，田裏的麥子已經全部收到家裏去了。」林母說道。

林東道：「媽，我知道了，我待會就給邱維佳打電話，讓他找車把爸送過來。」

林母道：「我看你就別老麻煩人家小邱了，你爸又不暈車，乾脆讓他坐長途車過來吧。」

「再說吧。」

林東吃過了早飯就出了家門，開車往溪州市去了。

金氏地產。

金河谷的辦公室裏顯得異常的冷，他把空調調到了最低，仍是覺得煩躁。看著辦公桌上江小媚的辭呈，克制不住的咆哮起來，將江小媚的辭職信撕成了碎片。

關曉柔背叛了他，江小媚也背叛了他，他隱隱的感覺到這兩人早已暗中勾搭在了一塊，否則怎麼會他剛把關曉柔教訓了一回，江小媚就辭職了呢？

當初不惜花費重金將江小媚從對面林東的公司挖過來，金河谷主要是想有機會一親芳澤，卻不料這才沒多久，江小媚就離職了，他到現在連這尤物的手都沒摸過，這讓他如何咽得下這口氣。

金河谷已經新聘請了一名秘書，名叫余菲雅，臉蛋之美麗身材之火爆絕不亞於關曉柔。

聽到老闆在裏面發火，余菲雅推開了金河谷辦公室的門，端著一杯茶走了進來。

「金總，人說綠茶能降火，這是我專門為你泡的綠茶，嘗嘗吧。」

余菲雅靠在金河谷的辦公桌上，窄裙包裹不住她白如瓷器的修長雙腿，金河谷咽了口吐沫，猛然將余菲雅掀翻了按在辦公桌上。

正當金河谷急吼吼的脫掉自己褲子的時候，余菲雅制止了他進一步的動作，夾緊了雙腿。

「金總，我才第一天來上班，這樣不太好？」

金河谷看得出余菲雅是什麼貨色，只是慾火難耐，只想盡快發泄一番，不耐煩的問道：「你要什麼條件？」

余菲雅道：「我到現在還和父母擠在一間六十平米的小房子裏呢，你看公司能不能解決住房問題？」

金河谷笑了笑，「這還不簡單，老子我有的是房子，讓我舒服了，我就送你一套！」

余菲雅又開了雙腿，將紫色緊身襯衫的扣子一粒一粒解了下來，露出了裏面欺霜賽雪的白肉。金河谷的喘息漸漸粗重起來，強壯的身軀壓了下去，雙手抓住余菲雅的襯衫，一用力，便將她的襯衫撕破了。

「啊……」余菲雅發出一聲驚呼，話音未落，金河谷的手已經伸進了她的短裙裏，非常用力將裏面細小的內褲從中扯斷，余菲雅遭到他如此的粗暴對待，不禁秀眉一蹙，臉上露出一絲痛苦之色。而金河谷此時卻顧不得憐香惜玉，狠狠的插入了進去。

林東來到辦公室，周雲平就跟了進來。

「老闆，特別行動小組的人回來了，你什麼時候見一下？」

林東道：「小周你安排一下，後天在食為天為他們慶功。」

周雲平點了點頭，出去做事了。

林東初步估算過度假村前期的投入。從建設到宣傳，估計要花費五個億左右，他目前還拿不出這麼多的一筆錢，只有引入其他投資者。

仔細一想，心裏便有了合適的人選。第一，他想跟老丈人高紅軍談一談，這個專案雖然前期投入很多。但有長生泉這個賣點，只要宣傳到位，不愁不火爆。高紅軍畢竟和他是一家人。有這麼好的專案，當然應當首先想到他。第二，他想拉陸虎成參與這個專案。陸虎成的財力林東不清楚，但肯定要比他強很多，這種賺錢的專案想必陸虎成也是願意投資的。

有高紅軍和陸虎成這兩位金主的加入，區區五六個億根本不是問題。

林東給陸虎成打了個電話，約了他晚上一起吃飯。掛了電話不久，穆倩紅就走了進來。

「林總，你拜托我的事情就快辦好了。」穆倩紅為了辦理江小媚和關曉柔的事情沒少跑腿，上上下下動用了不少關係。

「那麼快？」林東知道一般護照辦下來需要兩週左右的時間，沒想到穆倩紅的效率那麼高。

「你通知一下那兩位，讓她們下午帶上身分證跟我走一趟，應該在三天之內就能辦好。還有，去歐洲旅行的事情我已經為她們聯絡好了旅行社，護照一下來就可以飛過去了。」穆倩紅說道。

林東點了點頭，「倩紅，多謝你了。」

穆倩紅笑道：「我是你的下屬，完成你交代的任務那是應該的。」

無形之中，林東覺得穆倩紅與他之間似乎疏遠了不少，以前穆倩紅在金鼎投資公司的時候，與林東的關係大部分讓他覺得二人是朋友關係，而現在，似乎是純粹的上下級關係了。

林東還想與穆倩紅多聊一會兒，而穆倩紅卻藉口事忙馬上離開了他的辦公室。林東不知道。當穆倩紅得知他已經結婚了之後，整整哭了一晚上，也讓她徹底拋下了那些不切實際的幻想，正是因為如此，穆倩紅才開始有意無意的疏遠林東，並且在心裏告誡自己，林東只能是她的老闆。

穆倩紅走後，林東給江小媚打了個電話。

「小媚，關曉柔可好？」

江小媚在電話裏說道：「她情緒穩定多了，我已經給她安排了一個安全的地方，金河谷不會找到她的。」

林東道：「下午你帶著她過來，穆倩紅會帶你們去辦護照，帶上身分證。」

「穆倩紅？就是那個接替我的人嗎？」江小媚問道。

林東笑了笑，「你既然都知道了，又何必再問？」

江小媚笑了笑，掛斷了電話。

成思危昨天下午回到省會寧城，早上一上班，見到了以前視作恩人的祖相庭，心裏恨得不行，臉上卻不得不笑臉相迎。

「小成，今天的安排是什麼？」祖相庭問道。

成思危脫口而出，他記憶力極好，不用看筆記本也不會出錯，「上午十點您有個會，下午兩點半要去北安區公安局考察。」

祖相庭點了點頭，「西通市南祁縣公安局的副局長趙洪海到年紀了，今年該退休了，你跟了我好幾年了，是我最滿意的秘書，不過我不能為了自己方便而耽誤了你的前程，趙洪海的位置我會盡力幫你爭取的，日後到了下面，好好幹。小成，你我都是窮苦人家出生，要想有出頭之日，那只能靠自己的能力了。」

這會兒說什麼都沒用了，成思危已經下定決心要扳倒祖相庭，即便是祖相庭能把自己的位置讓給他，成思危也不會動搖。他就是這麼一個死腦筋，一旦決定了一件事，他就不會回頭。

「祖廳長，我才跟了你不到四年，實在捨不得離開你。我看就下次，再讓我服務您幾年。」

成思危裝出非常感動的模樣，話也說得非常漂亮，他著實佩服自己的演技，竟然眼淚都流了下來。

祖相庭呵呵笑道：「我看到了你，就像是看到了自己年輕的時候，當然有機會就會替你爭取的。」祖相庭實則有自己的打算，成思危能力強，但是沒有靠山，無背景無後台，這樣的人容易收買，你對他好一分，他便會對你好十分，用來壯大自己的勢力那是最好不過的了。

成思危回到外面的辦公室，坐下來喝了一口茶，抽了張紙巾擦了擦眼角，對著紙巾上的濕痕冷冷一笑，隨即將紙巾揉成了一團，準確無誤的拋進了紙簍裏。跟著祖相庭的這三年多來，除了剛開始祖相庭還沒完全信任他的時候，其餘的時間祖相庭做的絕大多數事情成思危都一清二楚，因為祖相庭有許多事情都是經過他的手做的。

成思危清楚的知道祖相庭的三個情婦住在哪兒，就連每個情婦所住的房子是多大他都一清二楚，他甚至知道祖相庭最喜歡在哪個情婦那裏過夜。祖相庭早已將自己的老婆孩子移民去了國外，祖相庭每個月都會讓他匯一筆數目不小的款子到國外，成思危知道那些都是他的非法所得。祖相庭在江省十三市總共有不少於二十套的房產，還與許多地方的黑社會勾結，投資了不少賭場、酒、電玩城等娛樂場合，利潤驚人。

而祖相庭收人錢財為人洗脫罪名的罪案就更多了，成思危清楚的知道近三年來祖相庭所做的每一件不法之事的細節。為了替一富商之子擺脫故意開車撞死人的罪名，祖相庭不惜利用職權篡改供詞，毀滅證據。諸如此類的事情，祖相庭做了不知有多少。

成思危靠在座椅上細數祖相庭犯下的罪惡，真是罪惡滔天，罄竹難書，除掉祖相庭，也算是為社會鏟除一顆大毒瘤了。成思危不再覺得自己即將要做的事情純粹是為了私利，反而覺得扳倒祖相庭是一件為民除害的大好事，而他將成為萬人傳誦的英雄！

想到這裏，心底頓生了一股子豪氣！

他手裏掌握了許多祖相庭犯罪的證據，他現在只等關曉柔安全的離開國內，到時便將證據交給林東公諸於眾，祖相庭便在劫難逃。他慶幸當初多留了個心眼，暗中留下了許多證據，若不然現在想扳倒祖相庭還真是癡人說夢。

江小媚帶著關曉柔下午一點鐘趕到了食為天，林東安排穆倩紅在那裏等她們。

江小媚在食為天的包廂裏見到了穆倩紅，兩眼在她身上打量了一番，笑道：「穆經理果然漂亮。」

穆倩紅微微一笑，她知道江小媚就是金鼎建設公司公關部前任的部長，也不在意江小媚怎麼看她，說道：「時間不早了，二位請跟我來。」

穆倩紅已跟辦理護照的出入境管理處的領導打好了招呼，帶著江小媚和關曉柔到了那裏，無需排隊，領導親自接待了她們，填好了表，審核後就讓她們走了。

下午五點，林東離開了金鼎建設公司，開車直奔蘇城去了，晚上他約了陸虎成吃飯，打算遊說陸虎成投資度假村。開車到了蘇城已將近七點，到了酒店，陸虎成也是剛剛回來。陸虎成與楚婉君像是一對新婚燕爾的小夫妻似的，這些天如膠似漆，恩愛纏綿。陸虎成給自己放了個長假，每天帶著楚婉君到處玩，江浙一帶好看好玩的地方幾乎去了個遍。

林東就把晚飯安排在了萬豪，知道他們玩了一天也都累了，省得再花力氣跑遠路。

「老弟，你是有事情找我？」陸虎成進門坐下就問道。

林東和楚婉君與劉海洋一一打了聲招呼，便對陸虎成笑道：「陸大哥，小弟今天找你，是給你指條發財的路子哩！」

陸虎成往前欠了欠身子，很感興趣的笑問道：「那究竟是什麼發財的路子呢？」

林東將之前就已經做好的度假村規劃方案拿了出來，放到陸虎成面前，「這上面有非常詳細的介紹，陸大哥，請看看吧。」

陸虎成認真翻看了起來，期間為了不干擾陸虎成的主觀判斷，林東一句話也沒說。雖然他們是在佛前磕過頭的兄弟，但有道是親兄弟明算賬，涉及到利益糾葛的事情，他和陸虎成就是在商言商，完全拋去交情不談，這也是一個成熟的商人所應該具備的素質。

楚婉君覺得無趣，一個人拿著陸虎成剛給她買的手機在旁邊看起了言情小說，劉海洋從來不干涉陸虎成生意方面的決定，坐在一旁一根接一根的抽煙。

過了好一會兒，陸虎成把林東遞過來的規劃書從頭到尾仔仔細細看了一遍，老實說，規劃書做的只能算是一般，和他所見過的許多策劃書都一樣，並無突出的亮點，如果光從規劃書看，他肯定是不會投資的。

「老弟啊，」陸虎成點了根煙，「懷城那麼偏僻的地方，經濟又欠發達，你在那兒搞度假村是不是太危險了？我知道那是你的家鄉，風景的確是秀美，稱得上山清水秀，花錢包裝一下，那肯定會看上去更美。但是咱們是商人，利字為天，你可不要拿錢往水裏砸啊。」

陸虎成很不看好這個專案，他也不避諱傷了林東的臉面。如果換個位置，今天是他拿著這份規劃書來找林東投資，他想林東也會那麼做。在商言商，既然是談生意，那就要理性對待，無利可圖的生意他是不會做的。

林東早知道一份規劃書打動不了陸虎成，不過他並不擔心，因為真正的絕招還未使出來。

「我清楚的知道自己的身分，就是個滿身銅臭味的商人，也知道資本的逐利性。真是賠本不賺錢的專案，我自己肯定不會投資，更不敢拿來坑兄弟。」林東笑著說道。

陸虎成聽出他話中有話。笑道：「老弟，你似乎還藏著什麼吧？別吊人胃口，趕緊說吧。」

林東從公文包裏掏出一個紙袋，裏面裝了幾十張照片，遞給陸虎成，「陸大哥，看看這些照片吧。」

陸虎成把照片從紙袋裏拿了出來，這些照片是特別行動小組的隊長霍丹君拍回來的，都是有關大廟的。陸虎成看到破舊的大廟，先是不解，然後看到了裏面隨處可見的需要幾人才能合抱的參天古木，便明白了這是一座上了年代的寺廟，心想難道憑一座古廟能吸引多少遊客？如果這座古廟就是度假村專案的賣點，那林東也未免太樂觀了。

霍丹君將大廟各個地方全都拍攝了下來，陸虎成再看了二十多張風景圖之後，終於在照片上看到了人。最後的十幾張照片，全部都是寺廟裏的老和尚，而陸虎成的目光就被這十幾張照片所吸引了。他將最後的十幾張照片在茶几上一字排開，怔怔的盯著出神。

楚婉君看完了一篇小說，目光從手機螢幕上挪了過去，發現陸虎成正對著十幾張照片上的老和尚出神，笑道：「虎成，這些照片有什麼好看的啊？」

陸虎成沒說話，抬起一隻手示意她噤聲。

楚婉君禁不住好奇之心，也認真的朝茶几上的照片看去，看了一會兒，不禁皺起了眉頭，自言自語的說道：「這些老和尚的皮膚好好啊，真有一種鶴髮童顏的感覺。」

一語驚醒夢中人，陸虎成忽然一拍桌子，楚婉君以為是自己出聲打擾了他，嚇得花容失色。

「婉君，多虧了你提醒，我才發現照片裏的玄機！」陸虎成把楚婉君摟了過去，在她臉蛋上親了一口。

「老弟，能不能告訴我，為什麼這些老和尚的皮膚看上去要比我的皮膚還年輕？」

林東從一堆照片中找出了長生泉的照片，指著那口古井道：「陸大哥，這口古井叫長生泉，終年往外冒著熱氣，老和尚們正是飲用這口井裏的泉水才能使肌膚不老，不止如此，大廟裏老和尚的壽命一般都在一百歲之上。」

此言一出，滿座訝然，就連嘴裏叼著煙看著窗外湖景的劉海洋也回過了頭。

「這口古井當真如此神奇？」陸虎成一臉狐疑的問道。

林東含笑點了點頭，「我自然不敢在你面前滿嘴跑火車，如果不是有這麼個好東西，我怎麼會有在大廟子鎮搞度假村的念頭？」

陸虎成了解林東，知道他素來不打無準備之仗，現在看來，度假村這個專案還真是一座寶礦，絕對是個賺錢的專案。

林東又翻出幾張照片，指著那些參天的古木說道：「陸大哥，你看看這些樹，最老的已有一千多年的樹齡了。如果你冬天的時候進大廟，你會發現廟裏廟外就像是兩個季節一般，廟裏是春季，所有樹木花草枝繁葉茂，而廟外則是隆冬的蕭瑟之景，滿目荒涼。」

陸虎成嘆道：「你老弟的眼光真毒啊，就憑這噱頭，到時咱砸幾個億做宣傳，從中央到地方的電視台、報紙、廣播，再到各大門戶網站，鋪天蓋地全打上我們的廣告，度假村很快就會火了。」

既然陸虎成那麼說了，那就表明他願意投資度假村。

「肚子餓了，咱們吃飯吧。」

林東起身朝包廂內的飯桌走去，女侍過來問道：「先生，是否可以上菜了？」

林東點了點頭，陸虎成三人也相繼坐了下來。

菜上來之後，林東開了一瓶五糧液，給陸虎成和劉海洋的杯子斟滿，瞧著楚婉君道：「小嫂子，不知能否喝一杯？」

被他這麼一叫，楚婉君俏臉通紅，微微搖頭，「不好意思，我不會喝酒。」

林東也不強求，端起杯子與陸虎成和劉海洋喝了起來。

酒過三巡，二人的話題又回到了度假村上。

陸虎成已經決定投資這個專案，便問道：「老弟，這個專案前期需要多大的投資？」

林東想了想說道：「估計不下於六個億。」

陸虎成點了點頭，「不算太多，但也算個大專案了，老弟，我先投兩個億怎麼樣？」

這個數目正符合林東的預期，如果陸虎成投得太多，那麼就成了最大的股東，而這專案畢竟是他做的，林東自然覺得應當由自己做這個最大的股東。

「好，你第一期就先投那麼多，如果後期還需要資金，我再跟你開口。」林東說道。

陸虎成道：「宣傳的事情咱們可得抓緊了，不能等到專案建成之後才開始宣傳，我建議專案建成一半之後就啟動宣傳計劃。央視那邊我有熟人，如果老弟你不嫌我手伸得長，我可以負責聯絡。」

陸虎成很清楚自己的身分，在度假村這個專案上，他只是個投資者，並不參與管理，雖然他很想幫忙，但也得需林東同意才行。

「陸大哥，你太見外了，有你幫忙，我樂得事半功倍，感謝你還來不及，怎麼會嫌這嫌那的。我還要回老家把婚禮再舉行一次，畢竟那邊還有很多親戚。若是有時間，你們可以跟我一塊過去，親自去感受一下長生泉的神奇。」林東笑道。

哪個女人不想自己的肌膚永遠的細嫩光滑，楚婉君自打知道長生泉的神奇之後，她恨不得立馬就飛到大廟去親自試用一下，滿含期待的看著陸虎成，希望陸虎成能夠點頭同意。

令她失望的是，陸虎成拒絕了。

「老弟啊，我都出來那麼久了，公司裏一大堆事情等著我處理呢，實在抱歉，等到專案開工吧，到時我一定去一趟。」

陸虎成有自己的想法，他若真的跟著去了懷城，只怕會讓林東懷疑自己不信任他，雖然這是他多慮了，但多一事不如少一事，還是不去為妙。

「那好，到時我再陪你一起過去，請你嘗一嘗我們懷城的菜肴和美酒。」

劉海洋悶了很多天了，這些日子陸虎成都被楚婉君纏著，他幾乎連個說話的人都沒有，雖然他不是怎麼愛說話，今晚林東過來，便敞開了懷喝酒，一瓶五糧液很快就沒了。最後，三人一共喝了七瓶，光劉海洋一人就喝了不下三瓶，林東也喝了不少，陸虎成喝得最少，因為楚婉君一直在旁勸他不要多喝。

晚飯一直吃到十一點多才結束，林東微微有些醉意，到酒店的車庫取了車，還沒出車庫，兜裏的手機就響了。林東掏出手機一看，是楊玲打來的，忙把車開出車庫，停在一旁按了接聽鍵。

「玲姐……」

楊玲聽到林東不清不楚的聲音，微微皺眉，「又喝酒了？」

「嗯……」林東笑著說道。

「我到蘇城有點事，要在這邊待兩三天，現在正在酒店的房間裏。」楊玲給出了暗示。

「哪家酒店？」林東喝多了酒，迷迷糊糊的問道。

「富宮。」楊玲答道。

第九章

卸下擔子

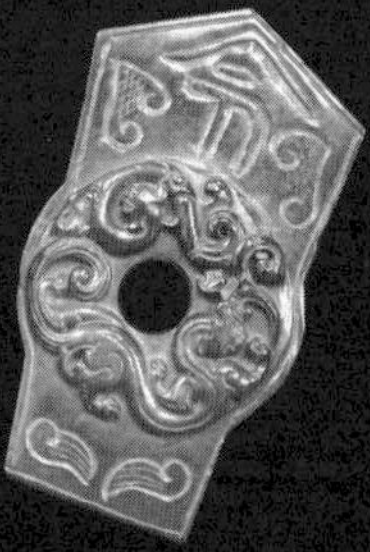

東華娛樂公司在高倩的帶領之下，正在重拾昔日的輝煌，

所有人都想不到高倩會在這個時候卸下擔子，

驚訝之餘，都感到很失望，害怕東華公司的崛起自此中斷。

「我肩上的重擔將會由我先生承擔，希望大家能像支持我一樣支持我先生，

他有豐富的公司管理經驗，我相信也能給公司帶來更好的前途。」

楊玲是隨著總公司的一行人來蘇城與一家公司洽談上市的承銷事宜的，因為競爭者眾多，總公司的領導便決定在蘇城住下，以方便跟進，她也只能陪著住酒店。晚上請了那家公司的高管吃飯，為了能拿下這個項目，她喝了不少酒，醉了七八分。

若是清醒的時候，楊玲肯定不會給林東打電話的，在知道林東即將結婚的消息，她便在心裏決定了與林東斷了那種關係。她想只有那樣才是對兩個人都好的選擇。可女人終究是感性的動物，越是壓抑著不要想，卻越是忍不住去想，尤其是醉酒之後，失去了自控力，思潮更是如洪水一般在心田洶湧澎湃，弄得她渾身燥熱難耐。

「林東啊，你究竟要害我到幾時？」

楊玲手拿一杯冰水站在窗前，喝了一口下去，冰冷的液體從喉嚨流進了腹中，仍是難以克制的火熱。

南萬豪北富宮，富宮大酒店是蘇城唯一能與萬豪大酒店抗衡的酒店，一南一北。

林東從萬豪開車到富宮，從城南開到城北，足足花了一個多小時。

到了楊玲所住的房間門外，林東靠在門上按響了門鈴，此時他的醉意已去了一半。門鈴聲彷彿一道電流，當楊玲聽到門鈴聲的那一剎，禁不住渾身一顫，手裏的水杯差點滑落到地上。

她轉身看著那扇門，有些猶豫。林東真到了門外，她卻不知道該不該開門讓他進來了。

林東連按了幾下門鈴都沒有人給他開門，心想難道楊玲不在房裏，便拿出電話給楊玲撥了過去。楊玲放在沙發上的手機響了起來，她看到林東的號碼，微微一猶豫，便拿起來接通了電話。

「喂……」

林東聽到楊玲的聲音。問道：「玲姐，你不在房裏嗎？」

楊玲不知該如何回答，頓了一下，不由自主的說了個謊，「不是，我在房裏。剛才在洗手間裏，正想去給你開門呢，你的電話就打來了。」

「那我掛了。」

林東掛斷了電話，十幾秒之後門就開了，看到楊玲水潤潮紅的臉。

「玲姐，你也喝酒了？」

林東聞到了一點酒氣。

楊玲關上了門，請他到沙發上坐下，嘆道：「沒法子，有求於人，酒是推不掉的。」

好久未與楊玲見面，一見面二人都覺得有些生疏。林東也不知道自己來此的目的是什麼，已經很晚了，他完全有理由推辭不來的。仔細一想，楊玲並未請他過來，這一切不過都是他的咎由自取罷了。

「玲姐，你來蘇城的目的是什麼？方便透露一下嗎？」

不知道說什麼，林東就問起了楊玲來蘇城的目的。

楊玲笑道：「沒什麼不方便透露的，是工作上的事情，蘇城有家公司要上市，我們公司過來爭取一下，看看能不能做主承銷商。」

林東略一沉吟。問道：「你說的是金蟬醫藥嗎？」

楊玲微微點頭，「就是這家公司，你也聽說過？」

林東笑道：「豈止聽說過，我和這家公司的董事長唐寧還算得上朋友呢。」

楊玲面露喜色，金蟬醫藥的董事長是個女人，可說是水火不侵，刀槍不入，任他們怎麼進攻都無濟於事，沒法拉進關係，一聽林東和唐寧是朋友，頓時來了精神，「林東，你能否幫我引薦一下？」

若是別人開口，林東或許不會答應，但開口的是楊玲，他是無論如何也沒法拒絕的，當即就拍了胸脯，「這事包在我身上了，我盡早替你安排。」

唐寧是金鼎投資公司的大客戶，與林東多有來往，一回生二回熟，二人彼此欣賞，也就成了關係不錯的朋友，因此他才有信心打包票。

楊玲給林東倒了杯水，「喝酒後嘴裏特別乾，你多喝些水。」

她俯身將水杯送到林東手裏，原本貼在胸前寬鬆的睡裙便垂了下來，露出裏面的真空白肉。

滿園關不住，春光乍泄，林東盡收眼底，只覺口乾舌燥。他慌忙接過水杯，咕嘟咕嘟一口全喝光了，冰水進了肚子裏，這才將那股邪火堪堪壓住。誰知楊玲卻沒有回到剛才的座位上，卻在林東身旁坐了下來，柔軟火熱的嬌軀就緊挨著他，免不了肌膚相親，發生廝磨，卻如觸電一般，一觸即分。

楊玲滿面酡紅，心跳加速，雙手緊緊攥著裙裾，正是由於克制不住對林東的想念，才將他深夜喚來此處，心中也在責備自己，明知這樣不好，卻仍是忍不住做了。

林東看了一下時間，已經過了零點。

「玲姐，我該回去了。」

林東起身，楊玲也站了起來，一言不發。林東朝門口走去，她就跟在後面。

拉開房門，林東轉身打算與楊玲道別，卻看到她微紅的雙目，隱隱的淚光之下，似藏著千言萬語。這一刻，不用說什麼，林東也能感受得到楊玲對他的愛戀，對他的不捨。

林東反手關上了門，看著欲語還休的楊玲，似乎所有的話都是多餘的，只想以行動來安撫她寂寞的心靈。他往前跨出一步，一把就將楊玲橫抱了起來，而楊玲則伸出玉臂勾住了林東的脖子，仰起頭奉上了火熱的紅唇。

激情過後，楊玲得到了前所未有的滿足，躺在林東的臂彎裏，似乎酒氣都隨著剛才滿身的汗水流走了，整個人無比的清醒。

「你該走了。」她輕聲的說道。

林東坐起身來，撿起地上的衣服，默不作聲的穿好了衣服。

「林東，以後我們斷了吧。」楊玲嘆道。

「你真的就狠心那麼跟我斷了？」楊玲又道。

林東點了點頭。

「我……」林東自然是捨不得的。

楊玲從後面摟住了他的腰，「我沒辦法忘記你，今晚不該告訴你我在這裏的。

林東，除了遠離你，我實在不知怎麼才能讓自己擺脫你。」

「玲姐，我不會纏著你，如果有一天你想開始新的生活，我會永遠從你的世界裏消失。」

林東站了起來，「我得回去了。」

楊玲看著林東的背影漸漸消失在自己的視線之內，忍住心中的悲痛，不讓自己哭出聲音，直到聽到門開了又關上的聲音，她才捂著臉痛哭起來。

林東來到停車場，想起楊玲的瘋狂舉動，心裏著實有些擔心，他原以為楊玲是他所有女人當中最看得開，最懂得抽身，最理性的一個，萬萬沒有想到楊玲也有那麼瘋狂失去理智的時候，原來書上說的果然沒錯，女人終歸是感性的動物。

坐進車裏之後，林東深吸了一口氣，他這輩子是注定要辜負那幾個女人了，包括得到了名份的高倩，他也欠得太多太多。

車子緩緩駛離了地下車庫，已過了凌晨一點，白日裏擁堵的馬路現在顯得異常的寬闊，路上車輛寂寥。林東把車窗放了下來，任夜晚微涼的風吹進來，這樣會令他感覺舒服些。

從富宮大酒店到楓樹灣有一條近路，林東在沿著富宮門前的那條路開了不久之後就轉進了那條近路。這條路路況不是很好，饒是賓士的舒適性絕佳，林東也不免覺得有些顛簸。

經這麼一顛簸，往前開了十幾分鐘，林東就覺得有些尿急，於是就放緩車速靠邊停車。

林東坐在車裏前後看了看，這條路上根本沒有車經過，實在憋不住了，就打算下車就地解決。

推開車門，林東見前面有棵柳樹，便朝柳樹跑去，打算給柳樹施肥。往前沒跑幾步，忽然覺得背後有風聲吹來，回頭一看，驚出一身冷汗。

微弱的路燈下，一道黑影快速的朝他襲來。

林東定睛一看，便知是那野人扎伊，瞬間尿意全無，渾身一激靈，全身的肌肉都緊繃了起來。

扎伊手中拿著鐵器，速度非常之快，林東不知他從何而來，也不知他是怎麼跟得上他的車速的，難不成這野人早就料到了自己會走這條捷徑？難道他早料到自己會在這裏停車？

林東來不及思考，看著凌厲的鐵棍朝自己砸了過來，本能的一側身，堪堪避開。

扎伊其實一直在跟蹤林東，卻苦無機會下手。他一直記著萬源最後給他下的命令，除掉兩個人，林東和金河谷。跟蹤了那麼多天，總算讓他抓住了這個機會，深夜在一條偏僻的道路上，只有林東一人，扎伊露出了猙獰的笑，在他看來。林東已是甕中之鱉了。

一棍子沒傷到林東，扎伊變招極快，側身以肘子去撞擊林東的胸口。因為二人離得太近，林東沒辦法躲閃，只好把雙手擋在胸前要害之處，去封扎伊的鐵肘。扎伊一肘子撞到了林東的手上，以他這毫無保留的全力一擊，即便是傷不到林東，他也有信心能將林東撞飛，但事實卻大出他的意料。林東只是悶哼了一聲，稍稍往後退了一步。

在二人接觸的一瞬間，林東看清楚了扎伊脖子上掛著的骨鏈，果然與馮士元脖子上的一模一樣，心想這野人必是摩羅族的無疑了。

扎伊兩招都沒建功，又驚又怒，面目變得愈加的猙獰，胡亂嘶吼了一番。這麼好的機會，他本以為可將林東手到擒來，卻沒想到林東的實力在短短時間內有了很大的提升。

他解開了纏在腰上的布帶，用力一抖，發出「啪」的一聲脆響。林東覺得有些不對勁，趕緊往後跑去，扎伊微微冷笑，手一甩，那布帶便如吐信的長蛇一般，速度比射出的箭還要快，林東想要躲開，卻有些慢了，右手被布帶纏住了。

扎伊停了下來，拉著布帶的另一頭，林東也無法繼續往前奔跑，停下來去解布帶，扎伊豈肯給他這個機會，用力一拉，布帶就綳得緊緊的，任林東如何解也解不開。

正當林東著急怎麼擺脫這根布帶的時候，扎伊慢慢的收攏布帶，一步一步朝他靠近，而另一隻手上的黑色鐵棒則泛起冰冷的光澤。林東心裏清楚，只要讓扎伊靠近了自己，那根鐵棒就會毫不猶豫的砸到他的頭上。

危急關頭，林東想不出更好的法子，心想只能硬拚了，右手抓住布帶，在扎伊驚愕的目光之中主動送了過去。而就在扎伊被驚住的一刹那，林東已經到了他的面前，照著扎伊的臉就是一拳。

蓄力的一擊，扎伊沒辦法躲開，腦袋結結實實挨了一下，就算他是銅皮鐵骨，也得懵上一會兒。林東一拳建功，見扎伊晃著腦袋暈暈眩眩，卻仍是沒有倒下去，又給了他一拳。同樣的地方，接連兩記的重拳，扎伊身子晃了一下，軟綿綿的倒在了地上，暫時休克了。

如果林東還是一個星期之前的自己，這兩拳就算厲害，也絕不至於能讓扎伊休克。他並不知道自己身體產生的變化代表著什麼，而在睡夢之中，他可以進入金殿第二層，實則就代表著他實力的提升，也代表著他與財神御令的融合度提升到了新的層次。

林東趁機把他手裏的鐵棍奪了過來，用力扔到了路旁的小河裏，迅速的去解繞著他右手腕上的布帶，但因為布帶已經深深的勒進了肉裏，無法迅速解開，只能咬牙忍住疼痛，慢慢將一道道纏在手臂上的布帶解開。

他本想用布帶將扎伊捆了，然後送去警局，但當他解開布帶的那一霎，扎伊已經醒了。林東不得不承認，這傢伙的抗打擊能力絕對是天下第一。扎伊從來沒吃過這等苦頭，醒來之後，張口露出森森的白牙，抬起一腳踹到了林東的小腹，將林東踹得倒飛出去，一屁股摔在了地上。

扎伊再度撲來，林東忍著劇痛從地上爬了起來。二人再度交手，在林東全力以赴之下，扎伊並未占到好處，幾乎打了個平手。過了一會兒，終於有車子再度駛來，而且是一輛巨型的卡車，駛過來的時候二人都感覺到了地面的震動。

強烈的光線照了過來，扎伊似乎對這東西極為畏懼，忽然收手，拋下林東，幾個起落就跳進了路旁的小河裏。

卡車司機看到前面有兩人在打架，開過來的時候減慢了車速，在林東身旁停了下來，腦袋伸在車窗外面問道：「嘿兄弟，跟你打架的是黑人嗎？」他剛才離得遠，只看到一個黑乎乎的東西和林東在打架，所以才有此一問。

林東沒理這人，稍稍平定了氣息，便朝自己的車走去，卡車司機自覺無趣，便開車走了。回到車裏，林東害怕扎伊再從哪兒冒出來，也不敢把車窗開著了，關上了車窗，發動車子慢慢朝楓樹灣開去。對著車裏的後視鏡照了照，好在身上並沒有什麼傷痕，除了手臂上的那幾道淤痕。

「明天穿件長袖襯衫，那就沒人看得見了。」

將近凌晨三點，林東才回到家裏。打開門，林母和高倩都早已入睡了。沒驚動她們，林東輕手輕腳的洗了澡，就在外面的沙發上將就了一晚上。等到林母一早起床，發現兒子躺在沙發上，還以為小倆口子鬧彆扭了，趕緊把林東叫醒了問問怎麼回事，告訴他高倩現在肚子裏正懷著孩子，不能生氣，凡事都得讓著她。

林東迷迷糊糊的聽完老媽一通教訓，正好高倩從房裏走了出來，見林東睡在沙發上，臉上露出驚訝的表情。

「老公，你昨晚什麼時候回來的？怎麼不去房裏睡？」

林母這才明白兒子與兒媳婦並沒有吵架。

「回來得太晚了，怕把你吵醒，所以就在外面睡了。」林東從沙發上站了起來，打著哈欠說道：「說好了今天去東華的，吃了早飯就出發吧。」

高倩見他一臉的疲憊之色，說道：「沒事，我約了下午，老公，你趕緊回房裏補個覺。中午吃過了午飯，我們再過去。」

林東點了點頭，進了房裏一頭倒在了床上，一覺睡到中午吃午飯。

睡醒之後，林東才有精力去想了想昨晚發生的事情，把前前後後仔細一想，便明白扎伊一直都在暗中盯著他，否則也不會挑昨晚的機會下手。林東心有餘悸，心想幸好自己昨晚神勇，否則後果真是不堪設想。

痛定思痛，扎伊始終都是一個大麻煩，不抓到他，林東知道自己將永遠活在危險之中。暫時還不知道扎伊會不會對他的家人下手，但不得不防，吃過了午飯，林東把高倩拉進了房裏。

高倩見他面色凝重，完全不是剛才吃飯時輕鬆的表情，忙問道：「老公，怎麼了？」

林東將事情簡略說了一遍，「倩，蘇城沒什麼地方比你家更安全了，我看你還是搬回家裏去住。」

「那媽呢？」高倩與林母相處了一段時間，婆媳之間的關係非常融洽，也知道老太太捨不得她走。

林東略一沉吟，說道：「不能把實情告訴他們，免得連累他們擔心。今晚回來之後，你就跟我媽說想搬回家去住，然後勸她跟你一塊去你家。」

高倩點了點頭，「我想好說辭了，一定能讓老太太跟我走。可是老公，那你怎麼辦？」

林東笑了笑，握著高倩的手，「別為我擔心，我跟他已經交過幾次手了，我現在還不是活蹦亂跳的。」

高倩仍是不放心，說道：「那人那麼厲害，李龍三帶那麼多人都抓不住他，老公，我看你該隨身帶幾個保鏢了。」

林東搖了搖頭，他是最討厭前呼後擁進出都有保鏢跟著的了，「不需要那樣，我又不是國家領導人。」

「走吧。」林東拉著高倩的手走出房門，郭猛和白楠已經在外面等候了。

到了樓下車庫，白楠扶著高倩坐進了林東車的後座，她自己也陪著坐在一邊，而郭猛則開著一輛空車跟在後面。高倩早已吩咐了公司中層以上領導今天不要出去，定了下午兩點半的會。

到東華娛樂公司樓下時剛好兩點鐘，停好了車，白楠就扶著高倩下了車。站在東華娛樂公司的大樓下，林東看著那幾個金字招牌，不禁心生感概，當初萬源創立這家公司之初，那是何等的風光，而現在卻落得身陷囹圄，鋃鐺入獄。林東雖不相信因果報應，但始終認為人應當多行善事，不論是為了求得好報，還是為了求得心安，行善事都是有益無害的。

自打懷孕之後，高倩就很少出現在公司樓下，當她挽著林東走進公司一樓的大堂的時候，立時便吸引了不少目光。林東從未來過這裏，但全公司上下都知道老闆有個帥氣富有的男朋友。

林東的出現，正好了滿足有些員工的八卦心理，不一會兒，那些人便七嘴八舌的議論了起來。

「快看啊，老闆挽著的那個男的真帥！」

「我在電視上見過他，我記得好像是蘇城那邊一家私募公司的老闆耶。」

「真是郎才女貌，絕配啊！」

若是以高倩以前的風格，那進了公司肯定是板著臉的。但她已經決定將公司交給林東打理，便不再把自已視作這家公司的老闆，所以進了公司大樓之後一直都是滿面的笑容。兼有情郎在旁，更是如沐春風一般，散發出了前所未有的親和力。

公司前台的漂亮女孩見她進來，趕緊迎了過來。

「高總，好些天沒見您了，我們可都想死你了。」

高倩還以一笑，「小麗，你的嘴巴可越來越甜了，以後你們見到我的機會會越來越少的，要盡快適應喲。」

張小麗跑到電梯前，為高倩按了電梯，躬身立在一旁等候。

「這位就是您先生吧？真帥氣，比好多男星還帥！」

張小麗這話有一半是因為林東的確長得不錯。而更多的則是為了討好高倩的歡心，她可不想做一輩子前台。

高倩豈會不知她的心思，微微一笑，指了指林東，「小麗，以後他就是公司的老闆了，討好的話直接對他說吧。」

張小麗臉上浮現出驚愕的表情，一閃而逝，隨即趁高倩不注意的時候朝林東拋了個媚眼。林東裝作沒看見，電梯門一打開，他就抬腳進去了。

電梯門關上之後，高倩對林東說道：「我們公司的鶯鶯燕燕可多得是，林總，你在萬花叢中過，可一定要潔身自好把持住啊。」

林東知道這是高倩在警告他，的確，自打進樓之後，所見到的個個皆是貌美如花，高倩說這裏是萬花叢，真是一點不假。

「這公司裏到處都有你的眼線，我豈敢胡作非為？」林東笑道。

白楠在旁替林東說了一句，「倩小姐，我看姑爺不是那樣的人，他對你有多好，我可都見著了。」

電梯在頂樓停了下來，林東三人走了出來。頂樓是高倩的辦公室和會議室，雖然比不上金鼎建設公司那麼大，但規模也算可以的了，論裝修，卻要比林東的辦公室更加奢華舒適。

時間還沒到，高倩就帶著林東進了辦公室。高倩的秘書陳昕薇見她進來，立馬站了起來，說道：「高總，按照您的吩咐，我已經通知了公司所有中層以上的領導，告訴他們兩點半在會議室開會。」

陳昕薇是高倩的得力助手，工作能力強，處事果敢，十分出色，是不可多得的人才。

「昕薇，這是我老公林東，你們認識一下。」

陳昕薇朝林東伸出手，「林先生你好，早就聽高總說過你，果然名不虛傳。」

林東含笑點頭，「倩倩也在我面前誇過許多次陳小姐的工作能力，以後還希望陳小姐能像幫助倩倩那樣的幫助我，林東感激不盡。」

陳昕薇還沒弄明白怎麼回事，她並不知曉高倩要將公司交給林東打理，一臉茫然的看著高倩，想說什麼又沒開口，她知道高倩會告訴她。

高倩知道是時候告訴陳昕薇了，說道：「昕薇，我懷孕了，以後就打算在家裏相夫教子了，公司的事就交給男人去打拚。」

陳昕薇看著高倩，臉色愈發的迷茫，她了解的高倩是個工作狂人，是一個為事業敢拚命的女強人，為什麼會變成這樣？難道女人嫁人後就要以犧牲自己的事業為代價嗎？

陳昕薇很不理解，心裏對高倩有些失望，也因而對林東產生了一點敵意，認為高倩會變得那麼「不求上進」，都是拜林東所賜。

高倩從陳昕薇的表情中讀懂了她的想法，有些困難也是在她預料之中的，除了陳昕薇，估計公司還有一幫人會不待見林東。不過她並不擔心，因為她相信林東的能力，相信自己的男人能在很短的時間內，讓所有對他有意見的人信服。

「我去會議室看看有沒有什麼需要布置的。」

陳昕薇找個藉口走開了。

高倩帶著林東進了裏間的辦公室，笑問道：「感覺到壓力了麼？」

林東點了點頭，剛才陳昕薇的反應他也看得出來是不歡迎他，笑著說道：「早在我預料之中，畢竟真正令他們信服的人現在仍是你，我突然取代了你的位置，下面人心裏肯定會不爽。我需要點時間，我會讓他們從排斥我，到接受我，再到信仰我的。」

看到林東滿懷信心，高倩會心一笑。

「我相信你，我老公是最棒的！」

過了一會兒，陳昕薇從會議室裏回來，進來告訴高倩，「高總，離會議開始還有五分鐘時間。」

高倩點了點頭，「知道了，昕薇，這次的會議你也列席吧。」

陳昕薇本不想去的，但既然高倩點名要她去，她就不得不去，除非不想在這裏做了，不過就目前而言，她還沒有辭職的打算。

「那我先去會議室了。」陳昕薇從外面的辦公室拿了筆記本，就去了會議室。

等到了兩點半，高倩才帶著林東朝會議室走去。這是她一貫的風格，只有讓下屬等她，從不會在會議開始之前先到會議室，但若是有誰膽敢在她之後到達會議室，那麼她就會毫不留情面的把他驅逐出會議室。她接手東華之初，的確是靠著這些鐵血手腕鎮住了那些不把她當回事的人。

二人並肩走進會議室，高倩依舊是挽著林東的胳膊。會議室裏除了陳昕薇之外，其他人仍然都還蒙在鼓裏，並不知道今天開會的目的。

與會者見高倩進來，紛紛站了起來，而更多人的目光則停留在高倩挽著的男人身上。

「大家請坐吧。」

高倩微笑著道，「向大家介紹一下，這位就是我先生，他叫林東。」

「林先生好……」

眾人紛紛和林東打招呼。

林東微笑致意。

高倩拉開了本屬於她的座椅，讓林東坐下來。

帶著老公來開會本來已經夠新奇的了，現在又讓老公坐在自己的席位上，高總這到底是意欲何為呢？

除了陳昕薇之外，所有人都在猜測高倩的心理。

高倩清了清嗓子，略帶歉意的說道：「各位，很抱歉，由於我自己的原因，我不能再帶領大家繼續奮鬥了，很懷念與諸位一起拚搏的時光，很感激大家一路的相伴。」

東華娛樂公司在高倩的帶領之下正在重拾昔日的輝煌，所有人都想不到高倩會在這個時候卸下擔子，驚訝之餘，都感到很失望，害怕東華公司的崛起自此中斷。

「我肩上的重擔將會由我先生承擔，希望大家能像支持我一樣支持我先生，他有豐富的公司管理經驗，我相信他能給公司帶來更好的前途。」

看著會議桌兩旁的這些同事，想起曾經共同奮鬥的經歷，高倩心潮澎湃，這裏是她揮灑過汗水與激情的地方，是她煞費苦心耕耘的地方，是屬於她的事業，從今天起，她就將與自己的事業說拜拜，心裏一酸，眼角就濕潤了。

「感謝……大家……」

高倩朝台下鞠了一躬，捂著嘴，不讓自己哭出聲來。

林東起身把她擁入懷中，細聲安慰了好一會兒。

高倩略微平靜下來，止住了淚水，便對林東說道：「老公，我在辦公室等你，這裏就交給你了，你和大家交流一下。」

陳昕薇跑過來扶著高倩離開了會議室。

高倩離開會議室之後，林東也未和剩下的員工做什麼深入的討論，只是互相熟悉了一下彼此，記住了他們的名字，對東華這十幾名中層領導產生了初步的印象。按照林東的想法，對於娛樂公司的業務，他現在完全就是個外行，一點都不懂，外行人指揮內行人那是使不得的，所以他當務之急就是摸清楚公司的情況，而後才能對症下藥，然後才能將他的管理思路推行下去。在沒有對公司有足夠的認識之前，林東會管好自己的手腳，不會對公司目前的制度方針做出任何的改變，按照高倩鋪下的路往前走。

會議並沒有開多久，三點一刻的時候就已結束了。

第十章

女人如同毒品

女人如同毒品一般，嘗一口便會上癮，
尤其是江小媚這種尤物，有過一次恐怕就再也戒不掉了。
林東在最後的關頭克制了自己心頭的慾火，
理性告訴他與江小媚不該搞在一起，對彼此都不好，尤其是女方。
「小媚，對不起，我們不能那樣。很晚了，我走了。」
林東從來沒有覺得自己那麼狼狽過，一個美麗至極的女人向他投懷送抱，
而他卻狼狽到倉皇而逃，說給誰聽，誰都是個笑話。

林東回到高倩的辦公室，白楠小聲的告訴他，「姑爺，倩小姐剛才哭得很傷心哩。」

林東能夠體會高倩此刻的心情，可以說東華能有現在，完全是高倩拿心血澆灌出來的。想起高倩起初接手東華的時候，萬源出逃，公司上下人心惶惶，一片混亂，幾乎所有業務都陷入了癱瘓之中，是高倩力挽狂瀾，止住了東華的頹勢，整頓業務，樹立綱紀，安撫人心，一點一點的將東華拉入正軌。

現如今，高倩主動放棄了自己辛苦打拚出來的事業，這樣做無異於從自己身上割肉，這份痛苦，除了自己，外人很難有深入的體會。

「會開完了？」高倩見林東進來，抽了張面紙擦了擦臉上的眼淚，笑著問道。

林東點了點頭，「結束了，我沒和大家聊太多，就是和大家認識一下。」

高倩道：「那這裏就交給你了，我和白阿姨先回去了。」

林東之前跟高倩說過今晚上有應酬，所以高倩才沒等他，決定先回去。林東把她送到停車場，叮囑郭猛路上開車小心。等高倩的車離開停車場之後，林東才回到辦公室。

當務之急就是要盡快的熟悉公司的狀況，所以林東進辦公室之後，立馬就把陳昕薇叫了進來。

「昕薇，我想知道公司目前在運作的所有項目的狀況，以及目前各部門的人事情況，麻煩你把這些資料拿給我。」

陳昕薇臉上面無表情，很明顯就是不給林東絲毫的情面。她還在氣頭上，高倩的突然卸任，這打擊無異於戀人的背叛，心裏的這股子怒火也只能朝林東發泄，冷冷說道：「林總，您剛才對我的稱呼似乎不太合適，以後就叫我『陳秘書』吧，您要的資料我會盡快為您找來，因為要找的資料實在太多，可能需要花費一些時間。」

林東明白這是陳昕薇發動了對他的冷戰。若不是高倩反覆告訴他陳昕薇的工作能力有多麼出色，加上他不想剛接手就搞得人心惶惶，就憑陳昕薇剛才對他的態度，就足以牽動林東的怒火，將她開除的了。

壓住了火氣，林東臉上微微笑道：「沒關係，我有耐心等，一天的時間夠了嗎？」

陳昕薇本想一拖再拖，但林東明確給出了時間，一天的時間足夠找齊那些資料的了，若是在一天之內還沒辦妥，那麼就是自己工作能力的問題了，她可不想被這個男人瞧不起，當下點了點頭。

「夠了，明天這個時候我一定將您要的資料放在您的辦公桌上。林總，還有什麼吩咐嗎？」

林東的目光在陳昕薇表情淡漠的臉上停頓了一下，略微眯眼打量了一下陳昕薇的五官，這女孩的五官非常精緻，結合在一起形成的那張臉更是無可挑剔。一般漂亮的女孩都有些傲氣，陳昕薇看來也不例外。

「你先出去吧，有事情我會叫你。」

林東低下頭，故意不看著她說話，臉上帶著淡淡的笑容，在紙上寫下了一個「傲」字，隨即又在上面打了個叉。

陳昕薇簡直要氣爆了，高聳的胸部劇烈的起伏了幾下，高倩掌管公司的時候與她姐妹相稱，從未給過她冷臉，林東上任第一天居然就這樣對待她，如果不是對公司有了感情，她真想立馬大聲的告訴林東她不幹了。

短暫的沉默之後，陳昕薇深吸了幾口氣調整好情緒，扭動著纖盈的腰肢離開了林東的辦公室。若不是辦公室的地面上鋪了柔軟的地毯，她一定會讓林東聽到她高跟鞋踏在地面上鏗鏘有力的聲音。

林東抬頭看著陳昕薇離去的背影，吸進來的空氣似乎都帶著火藥味。

「唉，隊伍不好帶啊……」林東搖頭苦嘆。

在辦公室裏坐了一會兒，熟悉了一下環境，林東知道陳昕薇不可能立馬把資料給他拿來，也沒在這裏浪費時間，很快就走了。他開車去了工地，在工地上看了一圈，工程的進度基本令他滿意。

從工地出來之後便回了公司，到了公司已經是傍晚了。

「老闆，我已經約好了霍丹君他們，今晚七點在食為天。」

周雲平怕林東忘記，進來提醒了一下。

林東看了一下錶，已經快六點了，讓周雲平把需要他批的資料和報表拿了進來，等到文件全部批好，已經過了一個小時，就走到外面的辦公室叫上周雲平一起去食為天了。

進了食為天的大堂，周雲平指了指東面的休息區，林東朝那望去，看到了霍丹君等人，原來他們已經到了。霍丹君一伙人也看到了他，起身朝這邊走來。

「各位辛苦了。」

林東與特別行動小組的成員一一握手，有些日子沒見，眾人都很激動。

「走吧，大家上樓坐下再聊。」

周雲平走在最前面，帶著眾人上了樓，推開了包廂的門，將眾人請了進去。剛一入座，霍丹君等人就開始有序的向林東匯報起在大廟子鎮考察的情況。這組人當中術業有專攻，有搞建築學的，有研究地質的，也有搞設計的，他們分別從不同的方面向林東介紹了考察所得到的情況。

除此之外，霍丹君還盛贊大廟子鎮民風淳樸，講述了他們在大廟子鎮受到的當地農民的禮遇與厚待。

「林總，你的家鄉風景秀麗，而且有美食佳肴，加上大廟裏面那口神秘的古井，搞旅遊是再好不過的了。只是交通狀況差了些，縣城通往鎮上只有一條狹窄的公路，鎮上到下面的每個村子全都是土路，這點是個大問題。」

霍丹君直言不諱的說出了他的擔心之處，在大廟子鎮的這幾個月的時間裏，困擾他們最大的問題就是交通問題，一到陰天下雨，路上就全是稀泥，很影響通行。

林東道：「這個問題不解決，度假村就興不起來。交通問題，我會與當地政府溝通的，爭取讓他們在資金方面多往大廟子鎮這邊傾斜。」當初決定做這個專案，林東正是因為得到了懷城縣委書記嚴慶楠的口頭承諾，以嚴慶楠對這個專案的重視程度，交通問題縣裏應該會解決。

吃過了晚飯，眾人在食為天門前解散。

林東最後一個才走，已經是晚上十點多鐘了，晚上喝了點酒，就給高倩打了電話說不回去了。高倩在電話裏告訴他，她已經成功說服了林母跟著她一起搬到高家的大宅裏去住。

林東不知道高倩是怎麼說服母親的，忍不住問了問高倩是怎麼說的。

高倩咯咯一笑，其實她用了個非常簡單的方法，抓住林母急於見到孫子的心理，就說希望能由林母親自照顧自己，這樣她才會放心。林母本來不願搬去高家住的，聽了這話，一想也是這麼回事，外人照顧畢竟不如孩子的親奶奶用心，也就同意了高倩，現在已經搬到了高家大宅。

林東總算放下心來，再無後顧之憂，高家大宅裏裏外外有幾十個守衛，高倩和林母住在那裏自然是最安全的了。

掛掉了電話，林東就開車往柳枝兒住的春江花園去了。

到了那兒，按響了門鈴，柳枝兒很快就把門拉開了，見來的是林東，喜出望外。

「東子哥，你怎麼來了？」

柳枝兒手裏拿著一疊厚厚的打印稿，正在背劇本，將林東來了，立馬把劇本放了下來，給林東泡了杯茶。

「我聽公司的人說今天你去公司了？」

林東點頭笑道：「嗯，枝兒，你還聽說啥了？」

柳枝兒道：「我聽說高倩把公司交給你了，是真的嗎？」

「他們沒騙你，以後東華就由我打理了。」林東道。

柳枝兒露出驚訝的表情，高倩知道林東和她的關係，居然還將東華交給林東打理，這不是給他們兩個創造幽會的機會嗎！

「她怎麼會那麼做？」

不僅是柳枝兒想不明白，林東也百思不得其解。最近這一兩個月，高倩已經做了一連串大出林東意料的事情了，甚至有時林東會覺得從未真正了解高倩，但不得不承認，高倩通過這一連串舉動把他的心抓得更牢了。

「枝兒，拍戲辛苦嗎？」

林東看到柳枝兒的黑眼圈，便知道最近她有多麼辛苦了，心裏不禁一陣心疼，當初把柳枝兒帶到城裏，就是希望她過得輕鬆快樂，現在看來卻是與當初的意願違背了。

柳枝兒笑道：「每天都要背很多劇本，我是新手，一齣戲可能要重複演很多次，有時候深夜還要拍戲，真的很辛苦，但是我不怕，因為我覺得拍戲非常有意思，這是我所熱愛的工作，我享受整個過程帶給我的樂趣，因此流再多的汗我都不覺得辛苦。」

林東搖頭笑了笑，他忽然發覺自己從未真正了解過所擁有的這幾個女人，就連心機最單純的柳枝兒也讓他覺得有些陌生了。在柳枝兒還沒進城之前，他可從不知柳枝兒會那麼堅強。

凡事都有兩面性，轉念一想，林東倒也發現了其中的好處。以前他總是擔心柳枝兒無法離開他的照顧，現在看來這種擔心完全是多餘的，仔細一想，自打來到溪州市，柳枝兒一次都沒主動開口問他要過錢，除了這套房子，她一直都是自食其力。

「枝兒，你會成為大明星的。」

柳枝兒乍聽這話，忽然怔住了，她知道一直以來林東都不贊成她從事演藝事業，但從剛才的話來分析，林東顯然已經改變了態度。

柳枝兒激動的問道：「東子哥，你同意我演戲了嗎？」

林東點了點頭，「嗯，那是你熱愛的事業，我不能太自私了，只是以後你就不完全屬於我了，你會有很多的影迷，很多的崇拜者。」

柳枝兒撲進林東的懷裏，大哭了一場，林東不贊成她演戲一直是她的一塊心病，背負這個包袱，她很難讓自己全身心投入表演之中，現在林東改變了態度，讓她心頭的大石驟然落地，激動之下，淚水便難以自抑的流了下來。

「傻丫頭，怎麼還哭起來了？」

林東輕輕在柳枝兒背上拍打著，安撫她不要再哭。也許是壓抑得太久，柳枝兒哭了許久才停下來，滴下來的眼淚把林東的襯衫都打濕了一塊。

哭過之後，柳枝兒心情大好，把林東按在沙發上，然後站在客廳裏為林東表演了幾段劇本裏的戲份，讓林東欣賞指教一番。

兩天之後，穆倩紅拿來了江小媚和關曉柔的護照本。

「林總，她們的護照本我拿過來了，需要我交給她們嗎？」穆倩紅問道。

林東道：「倩紅，安排她們去歐洲旅遊的事情，安排得怎麼樣了？」

穆倩紅答道：「早已安排妥當，我找了溪州市最好的旅行社，為她們聘請了私人導遊，她們想在那邊玩多久就玩多久。對了，她們明天就可以出發了。」

林東從未懷疑過穆倩紅的辦事能力，笑道：「護照本由我親自送給她們吧。你通知旅行社那邊，安排她們明天就飛去歐洲，明天你替我送她們一程。」

「嗯，那我現在就去通知旅行社。」

穆倩紅放下護照本，轉身離開了林東的辦公室。

下班之前，林東給江小媚打了個電話。

「小媚，有個好消息要告訴你，你的歐洲自由行可以開始了，我已拿到了你們的護照本。」

江小媚在電話裏並未表現出有多麼的驚喜，這顯然不是她想要的那種旅遊。某種意義上說，她和關曉柔是被迫出國，是出去避難的。

「林總，感謝你的安排，我們什麼時候可以出發？」

林東道：「明天出發，我已經讓穆倩紅去安排了，安排好之後她會通知你明天何時起飛。今晚我們見一面吧，我把護照本給你。」

江小媚和關曉柔還住在酒店，想到明天就要出發，今晚肯定是要回家收拾行李的，便說道：「那麼就在我家見面吧，方便嗎？」

林東猶豫了一下，想到江小媚為他犧牲了很多，就答應了下來，「我下班後就過去。」

江小媚掛斷了電話，回頭看了一眼正在和成思危打電話的關曉柔，關曉柔雖然可憐，但總算是找到了一個真心愛她的男人，想到自己目前的狀況，豈不連關曉柔都不如，心中不禁湧起一陣悲涼，原來最可憐的是她自己。

關曉柔講完了電話，抬頭問江小媚，「小媚姐，剛才是林總打來的電話嗎？」

江小媚點了點頭，微微一笑，「曉柔，我們明天就可以去歐洲了。」

關曉柔臉上浮現出驚喜之色，但轉瞬即逝，「人家走之前想見一面思危。」

江小媚道：「兩情若是長久時，又豈在朝朝暮暮。這句話你該不會沒聽過吧？你和你的成思危以後有的是時間。曉柔，收拾一下，跟我下樓去退房，然後回家去收拾一下出國的行李，我們估計要在那邊好一陣子，要帶的東西會很多。」

「我沒什麼東西可收拾的了。」

關曉柔神情黯淡，「哪些衣服什麼的我再也不想見到了，那裏我也不想回去了。」

關曉柔以前是金河谷包養的女人，衣食住行可說全是由金河谷供給，她既然已經決定與過去的日子徹底決裂，那些東西自然也是眼不見心不煩，全部扔掉。

江小媚明白了她的想法，笑道：「那你就還住在這兒，我今晚回家住，你不是想你家那位了嘛，可以讓他今晚過來陪你。」

關曉柔俏臉通紅，羞得耳根都紅透了，「小媚姐，再說這種話，我可不理你了啊。」

江小媚笑了笑，說道：「心裏就那麼想的還不敢承認。不跟你多說了，我得走了。對了，總不能什麼東西都到了歐洲再買，今晚我去商場給你買些衣服和日用品。」

關曉柔點了點頭，「小媚姐，除了思危，就只有你對我最好。」

「唉……」

江小媚搖了搖頭，「你無可救藥了，張口閉口的都是那個男人。不跟你說了，我走了。」

江小媚戴上了墨鏡，離開了房間。到了車庫取了車，給林東打了個電話，要他晚上九點再過去她家，因為她現在要去商場給關曉柔買東西。

林東原本打算一下班就直奔江小媚家的，接到電話，便拾起了手頭未做完的工作，繼續忙碌起來。

等他忙完了手頭上的所有工作，已經是晚上八點鐘了。他沒走，周雲平也沒走。

「老闆，你怎麼還不下班？」

周雲平餓得實在受不了了，進來問道。

林東合上文件，笑道：「我這就走了，你怎麼還不走？」

周雲平摸摸腦袋，苦笑道：「你做老闆的沒走，我做秘書的怎麼敢先下班？」

「小周，你拘謹了。餓了吧，咱們一塊吃點東西去。」林東起身笑道。

周雲平心裏一陣竊喜，知道今晚的晚飯不需要自個兒掏錢了，搓著手興奮的說道：「老闆，我知道一個地方的牛排不錯，絕對道地。」

「我待會還有事，吃那玩意太費時間了，街頭不是有家拉麵館嘛，就去那兒吧。」林東頭也不回的說道。

周雲平心裏一陣失望，拿上公文包鎖了門，跟著林東一起進了電梯。二人開車來到街頭的那家日本九州拉麵館，林東點了一份咖喱牛肉飯，周雲平實在是餓極了，要了朝日拉麵和九州冷麵。

這個時間店裏人很少，他們點的東西很快就送了上來。周雲平狼吞虎咽的吃了起來，風卷殘雲一般，兩份麵不到十分鐘就吃光了，坐在那兒打了個飽嗝，一臉的滿足。

吃完之後，二人就在拉麵館門口散了，林東開車直奔江小媚的家去了，周雲平則往另一個方向去了。

到了江小媚家樓下，已經是九點半了，林東停好了車就給她打了個電話。

「小娟，你在家嗎？我到你家樓下了。」

在商場裏給關曉柔買衣服和生活用品花費了許多時間，江小娟也是剛到家不久，正在整理行李。

「我在家，你走到大門那兒按一下我家的門牌號，我給你開門。」

掛了電話，林東走到樓下的鐵門前，在鐵門旁邊的呼叫盤上找到了江小娟家的門牌號，按了一下，「滴」的一聲過後，鐵門就開了。進了電梯，很快就到了江小娟家的門前。江小娟已經把門打開了，聽到敲門聲，回頭朝門外說道：「林總，進來吧。」

林東推門而入，瞧見門後的一雙擺放整齊的棉布拖鞋，便知道是江小娟為他準備的。說了聲謝，隨手關上了門，見江小娟彎腰在房裏收拾行李，走進了她的閨房，笑問道：「需要我幫忙嗎？」

江小娟抬頭看了林東一眼，抬起胳膊在臉上擦了一把汗，指了指衣櫥頂上的行李箱，說道：「林總，那個太高了，箱子太大。我拿不下來，麻煩你了。」

林東找來凳子，踩著凳子去搬那個箱子，入手十分的沉重，也不知裏面裝了什麼。他將行李箱輕輕放了下來，呼出一口氣，說道：「呼，你這箱子還真是重啊，裏面不會藏著金子吧？」

江小媚見林東臉上滲出了汗珠，忙抽出紙巾過來替林東拭去了臉上的汗珠。她一向崇尚健康生活，所以在家裏的時候從來不開空調。這三十幾度的天，稍微一動就會出汗。

林東一動也不敢動，就連大氣也不敢喘一下。因為天氣炎熱，江小媚在家裏只穿了一件小背心和一條短短的熱褲，背心十分短小，露出了她平坦的小腹和可愛的肚臍。江小媚也出了不少汗，白色的背心沾上了汗水，浸濕了一小片，貼在身上更緊了，便顯得更加的透明，林東甚至一低頭就能看到她胸前飽滿的顆粒，真是誘人遐想，勾動人心，引人犯罪。

江小媚替他擦完了汗，把行李箱平放在地面上，彎腰拉開行李箱的拉鏈，一打開，裏面居然是一箱子的書。

「你那麼愛看書？」

看到滿箱子的書籍，林東有些驚訝，實在沒想到江小媚居然是那麼愛看書的人，他瞄了一眼，箱子裏的書涉及到各個門類，有小說，也有歷史書，心理學和管理學的也有。

林東知道江小媚並非畢業於什麼正規的大學，學歷並不高，但卻不知道當初江小媚的學習成績並不差，只是因為成長在單親家庭裏，她為了照顧生病的母親而錯過了高考的一場考試。後來也沒有復讀，去溪州市本地的一所大專上了學。

正是因為沒有讀過大學，所以江小媚比許多人更加渴望獲得知識，渴望知道的更多。一直以來，她在工作之餘，看書就是她最大的愛好。

「你沒去過我的書房，如果看到我的書房，你就知道我有多麼愛看書了。」江小媚微微笑道，「書架上擺不下了，我又不捨得扔掉，就整理了一些書放在行李箱裏。」

江小媚開始把箱子裏的書往外拿，林東見她搬得吃力，說道：「給我吧，你告訴我放在哪裏。」

江小媚把手裏的一疊書給了林東，指了指陽台，說道：「看到陽台上那個紙箱子沒？就放在那裏面吧。」

林東朝陽台看去，看到陽台上面已經放好了一個紙箱子，心想那麼多的書一趟一趟搬過去不知要搬多少次，於是就將手裏的一疊書放進了行李箱裏，把整個行李箱搬了起來，一用力，手臂上的肌肉就膨脹了起來。

江小媚默默的看著林東的背影，林東正是她心中可以給女人帶來安全感的男人，只是再怎麼想也沒有用，這個男人還有幾天就要結婚了。

林東把行李箱搬到陽台上，又把裏面的書全部拿出來放進紙箱子裏，忙完之後，已是出了一身的汗，身上的白色短袖襯衫都濕透了。

「今晚真的很悶熱。」林東抹了一把臉上的汗，笑著說道。

「辛苦你了。」江小媚含羞說道，鼻子裏嗅到的盡是林東身上的汗味，令她感覺被濃濃的男性氣息包圍著，令她震驚的是，她不僅一點也不討厭這種味道，反而有些……喜歡。

似乎那汗水的味道擁有某些奇特的功能，江小媚的全身就像是著了火似的，愈發的燥熱，不禁霞飛雙頰。

林東把兩本護照放在了江小媚房間裏的梳妝台上，「護照我放在這裏了，小媚，還有什麼體力活我可以幫你的？」

江小媚搖了搖腦袋，驅趕腦袋裏那些綺念，說道：「沒有了，這天估計是要下雨了，真是太悶熱了。哎呀，你的襯衫都濕成這樣了啊。」

江小媚看到林東身上的襯衫緊緊貼在胸前，房間裏明亮燈光的照射下，江小媚已經可以看得見他胸前肌膚的顏色了。

林東尷尬的笑了笑，拉了拉胸前的衣服，「是啊，這天估計是要下雨了，真悶。」

江小媚道：「你身上都濕了，林總，去浴室裏洗個澡吧，有汗在身上容易感冒的。」

話說出來，江小媚都覺得自己唐突了，面色更加紅潤了，就像是喝醉了酒似的，臉上火辣辣的，羞愧難當。

全身是汗的感覺十分難受，黏糊糊的，再加上悶熱的空氣，此時若能洗個澡，那是再好不過的了。

林東還在猶豫要不要在江小媚家洗個澡再走，江小媚卻已經推著他朝浴室去了。

「你趕緊洗，我一會兒收拾好行李也要洗澡，渾身都是汗，難受死了。」

江小媚說完就把門關上了，林東站在浴室裏，茫然的看著貼著瓷磚的四壁，「這是怎麼回事？我被硬上弓了？」

他苦笑著搖了搖頭，脫下了衣服，沖了個涼，渾身清爽的走出了浴室。

「小媚，我洗好了。」

林東重新回到江小媚的閨房，見她已經收拾得差不多了，本想進來告個別就走了。

江小媚仰起頭，汗水打濕了她的秀髮，一撮撮的貼在臉上，「林總，你等會兒，箱子太重了，我怕我明早沒法搬進車裏。」江小媚直起了腰，「熱得受不了了，你先等我會兒，我進去沖個涼。」

說完，步履匆匆的進了浴室。

林東走到陽台上，抬頭看著夜空，星月無光，天空之中濃雲翻滾，看來將要有一場傾盆大雨即將到來。

過了一會兒，林東似乎聽到江小媚在叫他。

「小媚，你在叫我嗎？」

「林總，你過來一下。」

林東聽得出聲音是從浴室裏傳來的，略微一驚，「她在浴室裏，叫我過去幹嗎？」

「林總，你過來了嗎？」

沒時間讓他多想，江小媚再次催促道。

林東迎著頭皮走了過去，來到浴室門前，深吸了一口氣，壓住腦袋裏那些亂七八糟的想法，沉聲問道：「小媚，我在門外了。」

江小媚剛才進來得匆忙，忘了帶換洗的內衣，她素來愛乾淨，甚至有些潔癖，脫下來的內衣褲是絕對不肯再穿上的，洗好了澡才發現粗心忘了帶換穿的內衣褲進來，急得沒有辦法，只能向林東求教了，只是這話有點難以啟齒。

「小媚，什麼事啊？」

江小媚在浴室裏猶豫不知怎麼開口，林東在外面等了好一會兒，裏面靜悄悄的，他只好開口詢問了。

「林總，能否麻煩你一下？」

江小媚的聲音不大，隔著一道門，林東差點聽不見她說什麼。

「什麼事你說啊？」林東有點急了。

江小媚鼓足了勇氣，咬唇說道：「我忘了帶內衣進來了，你幫我去拿一下好嗎？」

林東愣了一下，明白為什麼江小媚剛才在裏面久久不說話了，若非十分親密的關係，男女之間這種話還真是難以啟齒。

「在什麼地方？」林東問。

江小媚道：「在衣櫥下面的第一個抽屜裏，你幫我拿一條內褲和內衣過來。」

林東站在江小媚的衣櫥前面，深吸了一口氣，替女人拿內褲，這事情他可是大姑娘上花轎頭一回啊！

彎腰蹲在地上，拉開了衣櫥下面的第一個抽屜，一陣清新的香氣就飄了出來。內衣和內褲分為兩路，分別整齊的排放在抽屜的左右兩邊。女人的私密用品他向來很少關注，不看不知道，一看嚇一跳，原來內衣也可以做出那麼多的花樣。林東腦中綺念頓起，想到抽屜裏這些布料極少的小內褲若是穿在江小媚的身上，大概只堪堪遮住她的私處……

「嗨，我這是亂想什麼呢？難道忘了女人多帶來的煩惱了嗎？」

林東強行驅除了腦子裏的那些雜念，胡亂抓了一件內衣和一條內褲出來，就朝浴室走去，敲了敲浴室的門，「小媚，你要的東西我拿來了，怎麼給你？」

嘎吱……

江小媚躲在浴室的門後，把門打開，只空出僅夠林東拳頭伸進來的空間。林東會意，把手伸了進去，江小媚迅速的取了內衣褲，閃電般關上了浴室的門。雖僅有幾秒鐘的時間，而她的心卻是跳得前所未有的厲害。

林東在客廳裏坐了下來，不一會兒，就見江小媚頭髮濕漉漉的從浴室裏走了出來，仍是滿面羞紅，漂亮的臉蛋像是熟透了的水蜜桃。二人四目相對，皆是尷尬的笑了笑。

江小媚慢慢走了過來，竟然貼著林東的身旁坐了下來。剛沐浴完畢的她全身都散發出淡淡的沐浴乳香氣，十分好聞，弄得林東的心神不禁蕩漾了起來。

江小媚的呼吸稍微有一點急促，縱然是知道林東已經成為了別人的老公，縱然知道自己的好姐妹米雪也喜歡這個男人，縱然是知道自己根本與他不可能，但就是那麼的想要擁有這個男人。哪怕只是擁有一次！

「林東，你知道嗎？我……一直都是喜歡你的。」

江小媚終於說出了心裏話，她側著臉滿含期待的看著林東的臉。

「小媚，不是說要把行李箱拿下去嘛，我們抓緊時間吧，很晚了，我該走了。」

林東畢竟正值血氣方剛的年齡，也沒有柳下惠的定力，如何受得了這種挑逗，如果不快刀斬亂麻，恐怕自己就要失守防線了。他騰地站了起來，邁步走開了，速度極快，江小媚想要拉他的手都沒能拉到。

拎著行李箱從江小媚的閨房裏走了出來，朝坐在沙發上的江小媚看了一眼，見到她瑟瑟發抖的肩膀。心想自己也真是殘忍，居然這樣對待這麼一個如花似玉的女人。只是他再也不想多添煩惱了，高倩可以容忍柳枝兒，可以容忍蕭蓉蓉，可不代表她誰都能容忍。

林東把箱子提到門外。「小媚，你快些鎖門下來，我在樓下等你。」說完，拎著行李箱進了電梯。

江小媚坐在沙發上無聲的飲泣，她幾次向林東示好卻都被拒絕了，這讓她心裏十分難過。也十分懊惱，為什麼別的男人對她百般討好，而林東卻要屢次給她打擊？

「愛一個人真的有錯嗎？如果我錯了，那誰能告訴我錯在哪裏？」

江小媚在心裏嘶吼著，她疲倦的靠在沙發上，也不知過了多久，才從沙發上站了起來，失魂落魄的出了門。

林東在樓下等了很久，足足半個小時之後才見到江小媚從電梯裏走出來，見她滿臉的淚痕，心中一痛，強烈的自責感湧上心頭。或許剛才的做法有些太過直接了，沒有考慮江小媚的感受。

林東嘆了口氣，卻不知該如何補救。

「走吧，我帶你去找我的車。」江小媚開口說道。

剛一出這棟公寓的鐵門，天地之間驟然刷白，一道電光刺破蒼穹，狂龍亂舞一般奔向了大地，繼而便是滾滾天雷響在烏雲之上炸裂開來，萬籟俱寂，天地之間唯有滾滾的雷聲不絕於耳。

狂風驟起，吹得樹木七倒八歪。

「就快要下暴雨了，我們快點吧。」

林東的頭髮被狂風吹得紛亂不堪，迎著風說道。

江小媚指著前面的一輛紅色的寶馬，「那就是我的車。」

林東拎著箱子快步朝那輛紅色寶馬走去，江小媚小跑著跟在後面。

又一道閃電閃過，暴雨如期而至，大雨傾盆，沒幾秒鐘二人身上的衣服就被淋濕了。

雨水順著臉往下流，林東抹了一把臉，「小媚，把後車廂打開。」

江小媚此時腦中忽然閃過了一個念頭，把車鑰匙揣進了口袋裏，裝作在口袋裏摸了一會兒，滿臉愧疚的對林東說道：「林東，我、我忘了帶車鑰匙了。」

「什麼？」

暴雨傾盆，電閃雷鳴，林東沒聽清楚她說什麼，但從她的表情來看，也猜到了幾分。

「忘帶車鑰匙了！」江小媚在他耳旁大聲說道。

林東抹了一把臉，頭髮濕噠噠的搭在腦袋上，渾身上下濕了個透，江小媚也同樣如此。

「雨太大了，咱們先回去吧。」

江小媚拉著林東就往屋樓裏跑，林東一手提著箱子，跟著她在大雨中奔跑，每踩下一腳，便濺起半人高的雨水。

進了樓裏，江小媚雙手抱住身體，凍得瑟瑟發抖。大雨下了之後，氣溫陡然下降，如今衣服濕透，別說她一個弱女子，就連林東也覺得冷。

「林總，先跟我上樓去吧，你的衣服都濕透了，我找衣服給你換下。」

林東點了點頭，心裏卻奇怪江小媚會拿什麼衣服給他換，難道是女人的衣服？若是那樣，他寧願穿著濕透的衣服回去。

跟著江小媚回到了她家，二人身上仍在滴水。

門一關上，江小媚就轉身抱住了林東。

「林東，我明天就要走了，臨走之前，我只有一個小小的心願，求你滿足我。」

林東推了推，而江小媚卻是將他抱得更緊。

「能不能求你親我一下？」

江小媚的聲音帶著哭腔，仰頭看著他，雙目之中滿含期待。

最難消受美人恩，江小媚已經這般低三下四的求他了，再怎麼鐵石心腸的人也狠不下心拒絕她。一具鮮活美麗的軀體就在他的懷裏，彼此的衣服都濕透了，就如同不存在一般，江小媚將他抱得緊緊的，林東可以感受得到她急劇升高的體溫。

二人四目相對，林東看得見江小媚眼睛裏閃爍的光芒，她慢慢的閉上了眼睛，把頭仰得更高了。

林東深吸了一口氣，低頭緩緩的朝她的紅唇吻去，就在快要接觸到江小媚的紅唇之時，猛的將懷裏的女人推開了。

「對不起，我不能害了你。」

女人如同毒品一般，嘗一口便會上癮，尤其是江小媚這種尤物，有過一次恐怕就再也戒不掉了。林東在最後的關頭克制了自己心頭的慾火，理性告訴他與江小媚不該搞在一起，對彼此都不好，尤其是女方。

「小媚，對不起，我們不能那樣。很晚了，我走了。」

林東從來沒有覺得自己那麼狼狽過，一個美麗至極的女人向他投懷送抱，而他卻狼狽到倉皇而逃，說給誰聽，這都是個笑話。

江小媚望著那扇關上的大門，她現在已經是欲哭無淚了，凄然一笑，跌跌撞撞的朝陽台走去。

外面的大雨還在下，雨點似乎比剛才更大更密集了，她站在陽台上，閃電閃過，天空忽明忽暗，密集的雨點打落在陽台的玻璃窗上，發出劈哩啪啦的聲響。又一道閃電劃過天空，帶來一瞬的光明，她看到了在雨中狂奔的那個男人。

「江小媚，你何時變得那麼下賤了，明知他不喜歡你，還要那樣，我瞧不起你江小媚……我瞧不起你！」

江小媚握緊拳頭，站在陽台上歇斯底里的嘶吼。

請續看《財神門徒》之十八　財神歸位　大結局

財神門徒 之17 致命交鋒

作者：劉晉成
發行人：陳曉林
出版所：風雲時代出版股份有限公司
地址：105台北市民生東路五段178號7樓之3
風雲書網：http://www.eastbooks.com.tw
官方部落格：http://eastbooks.pixnet.net/blog
Facebook：http://www.facebook.com/h7560949
信箱：h7560949@ms15.hinet.net
郵撥帳號：12043291
服務專線：(02)27560949
傳真專線：(02)27653799
執行主編：劉宇青
美術編輯：許惠芳

法律顧問：永然法律事務所 李永然律師
北辰著作權事務所 蕭雄淋律師

版權授權：蔡雷平
初版日期：2016年1月
初版二刷：2016年1月20日
ISBN：978-986-352-077-1

總經銷：成信文化事業股份有限公司
地　址：新北市新店區中正路四維巷二弄2號4樓
電　話：(02)2219-2080

行政院新聞局局版台業字第3595號 營利事業統一編號22759935

定價：280元　特價：199 元

國家圖書館出版品預行編目資料

財神門徒／劉晉成著. -- 初版-- 臺北市：風雲時代，
2015.04 -- 冊；公分

ISBN 978-986-352-077-1（第17 冊；平裝）

857.7　　104015647